PERDU
DANS LE MANOIR RAIDEMORT

PERDU
DANS LE MANOIR RAIDEMORT

**Texte et illustrations
de
Richard Petit**

Les presses d'or

TOI!

Tu fais maintenant partie de la bande des
TÉMÉRAIRES DE L'HORREUR.

OUI! Et c'est TOI qui as le rôle principal dans ce livre où tu auras plus à faire que de tout simplement... LIRE. En effet, tu devras déterminer le dénouement de l'histoire en choisissant parmi les numéros suggérés afin, peut-être, d'éviter de basculer dans des pièges terribles ou de rencontrer des monstres horrifiants...

Aussi, au cours de ton aventure, lorsque tu feras face à certains dangers, tu auras à **TOURNER LES PAGES DU DESTIN...** ce qui consiste à faire glisser ton pouce sur le côté du livre en faisant tourner les feuilles rapidement pour t'arrêter au hasard sur une page et lire le sort qui t'est réservé.

Lorsqu'on te demandera de TOURNER LES PAGES DU DESTIN, tu choisiras, selon le cas, le pictogramme qui concerne l'événement, par exemple :

Si tu arrives devant une porte :

ce pictogramme représente une porte verrouillée ;

celui-ci représente une porte déverrouillée.

S'il y a des monstres :

ce pictogramme 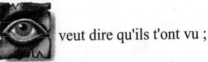 veut dire qu'ils t'ont vu ;

celui-ci veut dire qu'ils ne t'ont pas vu.

À combien de monstres auras-tu à faire face?

Ce pictogramme représente un monstre seulement

celui-ci t'obligera à affronter deux monstres.

Est-ce que tu as réussi à fuir?

Ce pictogramme signifie que tu as réussi à fuir ;

celui-ci signifie que tu as été attrapé.

Seul dans la noirceur de ta chambre, tu sens un frisson te parcourir le corps de la tête aux pieds. C'est le signe que tu es prêt... Et n'oublie pas : une seule finale te permet de ne pas finir... ***Perdu dans le manoir Raidemort.***

La cloche annonçant la fin de la journée d'école brise le silence en ce bel après-midi d'automne.

Aidé des autres élèves, tu pousses l'immense porte, qui grince sur ses gonds. Bousculé par tout le monde, tu essaies de te frayer un chemin jusqu'à la cour de l'école. Tout à coup, une main se tend vers toi, t'attrape et te tire hors de la cohue.

«Tu devrais sortir par la porte de secours, te suggère celle qui t'a écarté de cette marée d'élèves un peu fous. Je m'appelle Annick. Je vois que c'est ton premier jour ici, car tu saurais qu'il ne faut jamais sortir par la porte qui donne sur la cour de l'école. Il y a tant de monde que c'en est étourdissant!

— Oui, mes parents et moi venons à peine d'emménager, lui réponds-tu, un peu timide. Nous demeurons à quelques pâtés de maisons, ajoutes-tu en pointant du doigt le bout de la rue principale.

— Quel hasard! Moi aussi, te dit-elle en souriant. Attends un peu, je vais faire un bout de chemin avec toi.»

Près de la clôture, elle enfourche elle aussi sa bicyclette puis s'écrie : «AH NON! C'EST PAS VRAI!

— Qu'est-ce qu'il y a? T'as une crevaison?

— Non, c'est pire, j'ai mis le pied dans... dans... de la crotte de chien», te répond-elle, le visage grimaçant comme un clown.

En la regardant danser sur la pelouse pour nettoyer ses espadrilles, tu souris tout en pensant que ta nouvelle amie semble être «tout un numéro», comme dirait ton père. Tu la connais à peine, mais tu sais déjà qu'un regard aussi taquin ne peut signifier qu'une chose : avec elle, rien ne sera plus aussi banal maintenant.

Vous vous mettez à pédaler en zigzaguant sur le trottoir. Les rues du quartier te font penser aux contours sinueux d'un casse-tête.

Vous empruntez une des rues désaffectées près d'un vieux manoir. Il fait très sombre près de la haute muraille qui lui sert de clôture. Tu t'arrêtes près de la grande porte en fer forgé. Le manoir semble abandonné. À l'intérieur de l'enceinte, tu entrevois un cimetière, dans lequel se dressent des arbres morts et des pierres tombales fissurées.

«En fait de décor lugubre, on ne fait pas mieux! lui fais-tu remarquer à voix basse. C'est une maison comme on en voit dans les films d'horreur.

— Oui, comme tu dis, t'accorde Annick soudainement devenue nerveuse. Mais au fait, te demande-t-elle en pressant le pas, tu ne m'as pas encore dit où tu habites...

— C'est tout près d'ici, sur la rue Latrouille...»

Soudain, **SHHHIIOOOUUUUUU!** le manoir s'enveloppe d'un mystérieux brouillard. Sans que tu en connaisses la raison, tes paroles ont provoqué cet étrange phénomène qui se manifeste juste sous vos yeux. Annick est de toute évidence effrayée, et ce n'est pas le froid qui a provoqué ce grand frisson qui te parcourt l'échine. C'EST LA PEUR!

«Explique-moi ce qui se passe, lui demandes-tu en faisant quelques pas vers elle.

— Oui, je vais t'expliquer! Mais avant, partons d'ici...»

Filez jusqu'au numéro 47.

2

Oui! Elle s'oùvre, soupires-tu de satisfaction en passant le seuil. Sur la pointe des pieds, le coeur battant la chamade, tu cours parmi les arbres dénudés d'une forêt dense.

WOOUUUUUUUUUUUU!

L'effroyable cri du loup-garou s'estompe au fur et à mesure que tu t'éloignes de la cabane.

Caché à l'ombre d'un grand chêne, les mains appuyées sur les genoux, tu reprends ton souffle. C'est curieux, remarques-tu, les arbres, ici, semblent pourvus de feuilles, contrairement à tous les autres. Tout à coup, un croassement déchire le silence.

CRO-O-O-AH! Et puis encore un autre.

CRO-O-O-AH!

Les nuages s'étant dissipés, la lune répand maintenant sa lumière sur ces feuillages menaçants qui sont en réalité... DES CORBEAUX! Des centaines de corbeaux, d'un noir des plus obscurs. Tu éprouves un vif sentiment de panique, car tu te souviens tout à coup avoir lu quelque part que ces oiseaux se repaissent de chair crue. Au secours!!!

Comment quitter leur repaire sans qu'ils te voient?

Si tu décides de fuir en rampant sur le sol discrètement, va au numéro 35.

Par contre, si tu préfères tenter de les battre de vitesse, prépare-toi à courir jusqu'au numéro 5.

Tu sautes sur le premier barreau de l'échelle. COUIIII COUIII! Les rats semblent venir de tous bords, tous côtés. COUIIII COUIII! Ils passent juste sous tes pieds. «Ouf! fais-tu. Ils m'ont presque eu. Je déteste ces bestioles.»

Maintenant que tu es hors de danger, tu continues à monter. Le cri des rats qui s'éloignent s'estompe peu à peu.

COUII! COUII! COUII!

Au fur et à mesure que tu montes dans l'échelle, il fait... DE PLUS EN PLUS NOIR! Maintenant rendu dans l'obscurité totale, tu gravis à tâtons chaque échelon en espérant qu'il te conduise le plus près possible du manoir Raidemort. Soudain, ta tête heurte une trappe **KLONG!** en t'annonçant douloureusement que la sortie est là.

Pendant que tu te frottes la tête, une forte odeur de moisissure te monte subitement aux narines et te fait oublier ta douleur. Avec ton dos, tu pousses sur la trappe qui s'ouvre dans une cacophonie de grincements. **SHRI-I-IK! SI-I-I-I-I!**

Du regard, tu fais un tour d'horizon rapide. Tu n'as pas la moindre idée de l'endroit où tu te trouves.

Pour le savoir, rends-toi au numéro 32.

Malheur! Elles t'ont vu et se ruent avec fureur vers TOI.

FLOP! FLOP! FLOP! D'une main, tu te protèges le visage et de l'autre, tu gesticules frénétiquement en espérant les éloigner. Tu ressens une vive douleur lorsque ton bras heurte leurs ailes noires, raides et poilues.

Tu es presque à bout de souffle lorsque soudain, ta main en heurte une de plein fouet **VLAN!** et l'expédie plusieurs mètres plus loin, où elle tombe par terre, inerte. Les autres, affolées par la perte d'une des leurs, décampent à toute vitesse et disparaissent entre les quelques petits nuages moutonneux qui cachent partiellement la lune.

Du coin de l'oeil, tu observes la chauve-souris gisant par terre, inanimée. Tu t'en approches lentement. Ton coeur bat la chamade. Quel cauchemar! te dis-tu. Elle se remet à respirer. Tu peux voir dans sa bouche entrouverte ses longues dents de CHAUVE-SOURIS VAMPIRE! Ce n'est pas le temps de moisir ici.

Tu te remets donc à marcher à pas prudents dans le sentier qui conduit sans doute au cimetière, car le vent apporte des effluves malodorants de cadavres.

Rends-toi au numéro 44.

Plusieurs secondes s'écoulent avant que tu te décides à courir. Et juste comme tu pars, **CRRAAC!** ton pied casse une branche ; les corbeaux se tournent dans ta direction...

«ZUT! Qu'est-ce que j'ai fait? Ils regardent tous par ici maintenant. J'espère qu'ils ne me verront pas», souhaites-tu.

Pour savoir si ces horrifiants oiseaux vont t'apercevoir, TOURNE LES PAGES DU DESTIN.

Si, par malheur, ils t'ont vu, rends-toi vite au numéro 15.

Mais si, par un heureux hasard, ils ne t'ont pas vu, fuis silencieusement jusqu'au numéro 33.

En sautant, tu réussis à esquiver deux d'entre elles, mais malheureusement, tu atterris tout près de la troisième, qui te saisit à la vitesse de l'éclair et enfonce ses ongles crochus dans tes jeans.

«AÏE! Lâche-moi!» lui cries-tu vainement tandis qu'une autre t'agrippe par le chandail. Coincé, tu es bloqué dans une position dont tu ne peux plus te dégager.

L'une après l'autre, ces mains douées d'une force surnaturelle t'emportent jusqu'au numéro 71.

7

Comme tous les autres arbres qui se trouvent aux alentours du manoir Raidemort, il a perdu ses feuilles depuis très longtemps. En plus, il ne semble pas très solide. Malgré cela, tu entames quand même son ascension. Arrivé à sa cime, tu t'arrêtes et constates qu'il n'y a rien de l'autre côté du mur qui pourrait t'aider à descendre.

«AH ZUT! Comment vais-je faire pour passer de l'autre côté du mur maintenant, te demandes-tu. Il n'y a rien pour m'aider à descendre.» Alors que tu cherches une façon quelconque de traverser, **CRAC!** fait la branche sur laquelle tu es appuyé, et **BANG!** fait ton postérieur lorsqu'il se retrouve sur le sol à l'intérieur du domaine.

«AÏE! AÏE!» lâches-tu pour chacune de tes fesses.

Sur ton séant, tu tentes de percer la brume verdâtre qui s'accroche aux arbres. Ce décor lugubre te fait oublier d'un seul coup ton mal. Machinalement, tu te relèves pour continuer ton chemin.

Après quelques minutes de marche à travers cette forêt de cadavres d'arbres, tu découvres un sentier. Du côté gauche, le trajet semble dégagé. Un bruit sourd se fait entendre à droite. Tu te retournes...

Une nuée de ce qui semble être des oiseaux tout noirs arrive vers toi. Leur battement d'ailes précipité et leur vol désordonné ne peuvent signifier qu'une seule chose : CE SONT DES CHAUVES-SOURIS! Sans perdre un instant, tu cours te cacher derrière un arbre tout en te demandant si elles t'ont vu.

Pour savoir si ces mammifères nocturnes t'ont aperçu, TOURNE LES PAGES DU DESTIN.

S'ils t'ont vu, rends-toi au numéro 4.
Si, par chance, ils ne t'ont pas vu, fuis jusqu'au numéro 11.

8

Combien de temps s'est-il passé? Des minutes? Des heures? Peut-être plus... Tu ouvres les yeux, mais c'est inutile, il fait trop noir. Étendu sur le dos, tu palpes autour de toi. Tu constates que tu es enfermé dans une sorte de grande caisse en bois. Tu pousses et tu pousses... Les planches pourries finissent par céder. Avec tes mains, tu chasses la terre jusqu'à la surface.

Enfin les étoiles et la lune apparaissent et éclairent ton corps rongé par les vers et qui empeste la moisissure. Avec tes muscles pourris, tu as pu regagner le monde des vivants... Oui toi, LE ZOMBI!

FIN

9

MALHEUR! La porte est verrouillée. Tu n'as plus le choix maintenant, la fenêtre est ta seule sortie.

Résigné, tu enlèves les toiles d'araignées qui l'entourent avant de t'y glisser. Tu jettes un regard vers ce monstre répugnant. Tu te doutes qu'une confrontation avec ce loup-garou sera sûrement dangereuse. Malgré cela, tu dois y aller. Et d'une simple enjambée, TU TE RETROUVES À L'EXTÉRIEUR...

Le loup-garou se tourne vers toi...

Tes mains crispées deviennent moites. Sous ton regard horrifié, la bête monstrueuse s'avance lentement vers toi en se martelant la poitrine. Tu te rends compte que toute tentative de fuite est inutile. Tu restes donc immobile. L'émotion te serre tellement la gorge que tu as de la difficulté à avaler.

La bouche entrouverte, les yeux rougis de rage, le loup-garou bondit sur toi en hurlant : WOOOOOOOUUUUUUUUUUUU. Tu laisses échapper un gémissement de terreur avant de t'évanouir.

Tu recouvres tes esprits plus tard au numéro 12.

À première vue, l'énorme bouquin semble très vieux, peut-être même centenaire. Tremblant d'impatience, tu l'ouvres. Une odeur putride te monte aussitôt aux narines. Tu te pinces alors le nez du bout des doigts. Tu tournes rapidement les pages jaunies par le temps pour finalement arriver à la dernière, datée d'aujourd'hui, où il est écrit : «TRANSFERT DE LA DERNIÈRE VICTIME

DANS LA MARMITE RÉUSSI». Tu découvres avec horreur qu'il s'agit d'un grimoire. Tu le refermes. «Qu'est-ce que ça veut dire?»

Tu penses à ta mère, et une pointe d'inquiétude te traverse. Soudain, un léger picotement te sort de tes pensées. Quelle horreur! Une grosse et répugnante araignée couverte de poils a entrepris de s'introduire dans ta manche. Terrifié, tu la balaies d'un geste sec du revers de la main. Elle fait un vol plané en direction de l'étagère de produits chimiques, fracassant ainsi plusieurs fioles de verre qui se vident de leur contenu.

L'araignée, gisant sur le sol détrempé par ces liquides acides, se dissout graduellement. L'odeur âcre et nauséabonde qui s'en dégage te contraint à sortir du laboratoire. «POUAH! Où est la sortie?»

Tu te diriges vers le manoir en passant par le numéro 25. Avec beaucoup de chance et de persévérance, tu seras peut-être de retour chez toi avec ta mère avant la tombée de la nuit.

OUF! Elles sont passées tout près de toi sans même te voir.

Tu te remets donc à marcher, à pas prudents.

Plus loin, une brise soudaine souffle la brume qui cachait le sentier à l'endroit où il se sépare en trois.

Rends-toi au numéro du chemin que tu auras choisi sur l'image...

SWOUP, SWOUP, SWOUP!

Le battement étouffé des ailes d'une chauve-souris te sort de ta torpeur. Tu ouvres les yeux. Étonné de n'avoir subi aucune blessure, tu tentes de te relever. Mais tu constates assez rapidement que c'est impossible, car tu es attaché au beau milieu des ruines d'un bâtiment qui fut jadis un mausolée.

Tu te mets à penser que ces décombres doivent lui servir de repaire. Pendant que tu cherches une façon de te défaire de ces cordes, une étrange bête mutante gratte le sol pour avancer vers toi **CRI-I-I-CHE, CRI-I-I-CHE.**

«Mais qu'est-ce que c'est que ce truc? te demandes-tu ; on dirait du SPAGHETTI AVEC DES CHEVEUX ou DES INTESTINS HUMAINS RESSUSCITÉS. Je dois absolument couper ces liens avant que cette horreur ne m'atteigne et surtout avant que le loup-garou ne revienne. Je ne veux certainement pas être au menu de leur prochain dîner!»

À ta droite, tout près, se trouve une fenêtre brisée. Tu roules sur toi-même jusqu'à celle-ci en espérant dénicher un éclat de verre par terre. Mais tu trouves à la place le goulot d'une bouteille brisée, qui fera aussi bien l'affaire.

Tu ressens des picotements aux mains lorsque tu coupes la corde près de tes poignets. Maintenant debout, tu aperçois la lisière d'un champ qui pourrait te permettre de poursuivre ton aventure jusqu'au numéro 33.

En dépit de tes inquiétudes, tu peux aussi explorer les ruines du mausolée. Peut-être y trouveras-tu quelque chose d'intéressant? Si tu es tenté par cette solution, rends-toi au numéro 81.

À l'intérieur, tout autour de toi, des centaines de livres et de manuscrits poussiéreux tapissent les murs du plancher au plafond. Ici et là, des

araignées se balancent en l'air et tissent leur toile. «Cet endroit me donne la chair de poule», te dis-tu tandis que ton regard est irrésistiblement attiré par une machine bizarre qui semble fonctionner à l'électricité ou en générer.

Tu remarques qu'elle est branchée à d'énormes électrodes suspendues juste au-dessus d'une étrange table d'opération, située au beau milieu de la pièce. C'est un laboratoire, car sur le long comptoir qui s'étale devant toi se trouve une espèce d'alambic. Un drôle de liquide verdâtre en effervescence passe d'une éprouvette à l'autre par de petits tubes en serpentins pour finalement être recueilli dans une grosse fiole de verre, où il mijote sur un feu.

Sur l'étagère située juste au-dessus, il y a plusieurs flacons scellés. «Ce sont sans doute les ingrédients qui servent à préparer des sortilèges malfaisants», te dis-tu en t'approchant pour lire les étiquettes. Le premier contient des langues de limaces.

BEURK!

Le deuxième, des oeufs de serpents pourris.

DOUBLE BEURK!

De toute évidence, quelqu'un ici se livre à toutes sortes d'expériences macabres. «Mais à quoi peut bien servir tout ce matériel?» te demandes-tu en examinant de nouveau la table d'opération.

Près d'une fenêtre, tu remarques le vieux pupitre en chêne à deux tiroirs sur lequel repose un immense grimoire, qui est comme tu sais LE LIVRE DE MAGIE DES SORCIERS. Tu t'en approches.

Si tu désires jeter un coup d'oeil au grimoire, va au numéro 10.

Fouiller dans les tiroirs? Pourquoi pas... Rends-toi au numéro 17, si tu oses.

14

En te faufilant entre les arbres de cette flore menaçante, tu découvres un sentier qui par chance conduit dans la bonne direction.

Pressé, tu dévales à grands pas le petit chemin de gravier jusqu'à ce que devant toi, s'étende une immense nappe d'eau noirâtre et stagnante : LES INFRANCHISSABLES MARAIS. Par ici, la chaleur est quasi tropicale. Partout des arbres et des pointes de végétations transpercent la surface luisante de l'eau, montrant que, par endroits, l'étang est peu profond. Le traverser en marchant? C'est hors de question, car tu coulerais dans son lit de vase comme dans du sable mouvant.

Sur le rivage, ton regard s'arrête sur un petit monument de pierre muni de deux leviers, un de chaque côté. Tu t'en approches. Dessus, un étrange message est gravé : "Réponds correctement à cette énigme et tu pourras traverser le marais sans difficulté. Mais gare à toi si tu choisis la mauvaise réponse..."

Les mains sur les hanches, tu observes le marais en considérant la question. «Pour le traverser, je pourrais aussi passer d'un arbre à l'autre jusqu'à ce que j'arrive de l'autre côté.»

Deux possibilités s'offrent donc à toi : essayer de traverser le marais en passant par les arbres ou tenter ta chance en répondant à l'énigme.

Pour essayer de traverser le marais en passant par les arbres, grimpe au numéro 45.

Tu veux tenter ta chance avec l'énigme? Alors rends-toi au numéro 64.

Deux corbeaux ouvrent grand leurs ailes et les rabattent rapidement pour s'envoler vers toi, BEC OUVERT. À la dernière seconde, tu te jettes par

terre. Le plus petit heurte un arbre et se brise l'aile. Ses cris d'agonie couvrent les croassements du plus gros, qui s'éloigne pour mieux se lancer à l'attaque.

CROAH! CROAH!

Après une courte vrille au-dessus de la cime des arbres, il replie de nouveau ses ailes pour plonger avec fougue vers toi. Il te vient tout à coup une idée. «C'est peut-être une ruse de dessins animés, te dis-tu, mais ça vaut la peine d'essayer.»

Très vite tu enlèves ton chandail pour le tenir devant un rocher en le remuant à la façon d'un torero. Le long sifflement du vol plané de l'oiseau se fait plus audible... LE CARNASSIER S'APPROCHE!

En effet, son ombre se profile entre les branches. Berné par ton astuce, le corbeau file tout droit jusqu'a ton chandail et frappe de plein fouet le rocher : **BANG!** Complètement assommé, il gît maintenant sur le sol.

OUF! il s'en est fallu de peu... TROP PEU!

Tu pars soulagé vers le numéro 33 en regardant du coin de l'oeil le corps inanimé du corbeau.

Presque immobilisé par la matière visqueuse qui recouvre en partie le sol du cimetière, tu regardes la main s'agiter sans toutefois réussir à se délivrer de sa prison de terre. Ce mort-vivant restera où il est.

Tu surveilles du coin de l'oeil l'autre zombi qui, furieux de voir que son «copain de cercueil» ne peut se joindre à lui pour le «festin», s'élance comme un déchaîné SUR TOI! D'un vif mouvement de jambes digne des meilleurs vidéoclips, tu réussis à te dégager les pieds du sol vaseux et à t'enfuir. Tu cours le plus vite possible, mais ta jambe frappe malencontreusement un cercueil à demi enseveli dans le sol, que la brume cachait... **BANG!**

«AÏE!» cries-tu en tombant de tout ton long derrière une grande pierre tombale. L'ombre du zombi glisse près de toi ; tu n'oses même pas regarder, tu fermes les yeux...

Au moment où la situation te semble désespérée, **BAOUM!** un violent bruit retentit et une grosse

roche apparaît et vient rouler jusqu'à toi. Puis tout devient silencieux.

Toujours caché derrière le monument, tu sors la tête pour comprendre ce qui vient de se passer.

Cherche le numéro 24.

17

Un épais nuage de poussière s'échappe du fauteuil lorsque tu t'assois face au pupitre. Doucement, tu tires le premier tiroir. Quelques crayons et stylos roulent pour finalement s'arrêter près d'un couteau rouillé. Il y a aussi quelques notes sans importance et tout au fond... UNE LAMPE DE POCHE.

Tu la prends et constates par son poids qu'elle contient des piles. Tu pousses sur l'interrupteur en visant le mur, mais celui-ci demeure toujours sombre. Ton regard fixe l'ampoule, à peine rougie par le trop faible courant. «ZUT! Pas de chance!» te dis-tu en la lançant dans le tiroir avant de le refermer.

Le deuxième tiroir est muni d'une petite serrure. Peut-être cache-t-il quelques sombres secrets?

Pour savoir si le tiroir est verrouillé, TOURNE LES PAGES DU DESTIN.

Si le tiroir est verrouillé, va au numéro 60.
Si, par chance, il s'ouvre, rends-toi au numéro 31.

18

Avec détermination, tu pousses l'immense couvercle en fer de la bouche d'égout qui t'ouvre l'accès au canal souterrain : **CR-R-R-R-R-R.** «Pourvu qu'il me conduise à l'intérieur du domaine», espères-tu, en voyant s'engouffrer le brouillard dans l'ouverture.

La gorge serrée par l'émotion, tu entreprends lentement de descendre jusqu'au fond.

Rendu en bas, tu te retrouves les deux pieds dans une eau glauque au beau milieu d'un carrefour de

conduits. «POUAH! Que ça pue», fais-tu avec dégoût. Par chance, un des quatre conduits semble se diriger vers le manoir. «Ouf! quelle veine!» marmonnes-tu en y pénétrant aussitôt afin de quitter au plus vite ce lieu pestilentiel.

Soudain, un léger clapotis se fait entendre derrière toi : **PLIK, PLIK, PLIK.** Le bruit se rapproche de plus en plus : **PLIK! PLIK! PLIK!** «QUI EST LÀ?» cries-tu nerveusement en scrutant la pénombre du tunnel. Tes yeux s'ouvrent tout grand et un frisson de terreur te parcourt le corps de la tête aux pieds : une meute de rats affamés arrive vers toi. Sans plus attendre, tu te sauves au pas de course.

Pendant que tu cours, tu jettes un bref coup d'oeil en arrière de toi : «HA-A-A-AH!» cries-tu à la vue des rongeurs qui peu à peu gagnent du terrain. Tu accélères aussitôt le pas. Au loin, tu aperçois une échelle qui t'offre peut-être une issue.

Tu as le choix de t'agripper à l'échelle qui se trouve au numéro 3.

Ou tu peux continuer dans le tunnel pour te rapprocher encore plus près du manoir. Dans ce cas-là, cours vite jusqu'au numéro 22.

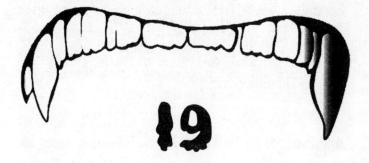

19

Immobilisé dans cette matière visqueuse qui recouvre partiellement le sol, tu observes, en ravalant ta salive bruyamment, le deuxième zombi qui sort graduellement des profondeurs du cimetière.

Sa main répugnante, puis son visage couvert de pustules et enfin son corps horriblement rongé par les vers sortent tour à tour de terre en se trémoussant avec une vigueur inhumaine.

Les lueurs blafardes de la lune éclairent maintenant les DEUX ZOMBIS qui, déchaînés, s'élancent sur toi et te saisissent. Sans effort, ils te soulèvent, t'emportent et t'enferment dans un cercueil de bois. Tu essaies tant bien que mal de sortir, mais ils réussissent quand même à fermer le couvercle. Tu te retrouves maintenant dans une terrifiante obscurité.

«LAISSEZ-MOI SORTIR!» leur cries-tu en frappant sur les parois. Désespéré, tu te sens maintenant traîné sur plusieurs mètres dans les dédales du cimetière.

Après plusieurs longues et angoissantes minutes, tu t'évanouis... Tu ouvres les yeux, beaucoup plus tard, au numéro 8.

20

De son seul bras, il tente de t'attraper, mais tu réussis à t'esquiver.

À travers ses vêtements en lambeaux, tu peux entrevoir ses plaies ouvertes, sa chair putréfiée et ses os. Tu te couvres la bouche de la main pour éviter de vomir et te faufiles rapidement entre lui et les pierres tombales afin de t'enfuir par le cimetière.

Le sol à demi inondé d'une substance visqueuse ralentit considérablement tes pas, si bien que tu te mets à t'enfoncer graduellement. Le zombi s'approche tranquillement de toi et ouvre sa bouche en décomposition. Un liquide noirâtre s'en écoule et tout de suite après, l'écho d'un cri retentit comme si la source provenait de ses entrailles : GUEEEUUU!

Au même moment, une partie du sol situé devant toi se met à bouger. Lentement, une main osseuse en émerge. «NON, PAS UN AUTRE ZOMBI!» cries-tu, et avec raison, car si le deuxième réussit à sortir du sol, tu ne pourras probablement plus t'échapper. Auras-tu à faire face à un ou deux de ces monstres?

Pour savoir combien de zombis tu auras à affronter, TOURNE LES PAGES DU DESTIN.

Si tu n'as à faire face qu'à un seul zombi, cours vite jusqu'au numéro 16.
Si par malheur, tu dois affronter deux de ces dégoûtants morts-vivants, rends-toi au numéro 19.

21

Il commence à se faire tard et même TRÈS TARD. Le manteau noir de la nuit couvre à présent

le ciel tout entier. Tu quittes le cimetière pour te rendre à ces fameuses «ÉPREUVES DU DIABLE».

«OUF! Voilà sans doute le chemin dont Jean-Christophe me parlait plus tôt», te rassures-tu en marchant maintenant dans une étroite allée entourée d'arbres exotiques provenant des lieux les plus reculés du monde. À droite, le dangereux palmier étrangleur de la Vallée perdue. À gauche, les cactus-vampires des grottes de Transylvanie qu'il te faut contourner avec mille précautions.

Le sentier s'élargit enfin et s'arrête à une grande porte de bois cloutée, que des touffes de mauvaises herbes ont entrepris de couvrir. «Le jardin se trouve sans doute de l'autre côté», te dis-tu. En effet, sur un des contreforts du mur se trouve un panneau de bois crevassé où il est écrit : «Danger, plantes carnivo». L'auteur de ce message n'a sans doute pas eu le temps de terminer sa phrase... pourquoi?

«Ce jardin de plantes carnivores est la seule voie possible pour me rendre au manoir, car si je me fie à ce que Jean-Christophe m'a raconté, les marais sont supposément INFRANCHISSABLES. J'espère juste que cette lourde porte ne sera pas fermée à clé.»

Pour savoir si elle est verrouillée, TOURNE LES PAGES DU DESTIN.

Si elle n'est pas verrouillée, entre dans le jardin par le numéro 43.

Si, par contre, elle est verrouillée, tourne les talons et marche jusqu'aux infranchissables marais qui se trouvent au numéro 14, et tente malgré tout de les franchir...

22

Malgré la dégoûtante meute de rats à tes trousses, tu as décidé de continuer dans le tunnel de l'égout afin de te rendre le plus près possible du manoir, et plus vite, plus vite...

Tu arrives dans une partie du tunnel qui prend rapidement une pente descendante. Il est trop tard pour arrêter : tu tentes de garder ton équilibre, mais en vain. Tes deux pieds dérapent sur le sol humide

et partent en l'air. Tu te retrouves malencontreusement sur le postérieur, dans une glissade qui s'annonce vertigineuse. «OUA-A-A-A-AH!»

Tout en bas, au bout du tunnel, tu aperçois un mur. Tu tentes désespérément de te ralentir en t'agrippant aux parois, mais sans succès. Tu te prépares donc pour l'impact. Quelques mètres plus loin, tes pieds entrent de plein fouet dans le mur qui CR-R-R-R-R-R croule sous ton poids.

Après deux pirouettes, tu te retrouves dans un petit sous-sol, avec quelques égratignures, mais au moins, tu es à l'abri des rats.

Un petit escalier de bois vermoulu t'offre enfin une chance de sortir de ce dédale souterrain humide et ténébreux. Monte ses marches jusqu'au numéro 13.

Tu te diriges donc, d'un pas décidé, vers le manoir de la sorcière. Il fait déjà noir et, à cause du brouillard, tu distingues mal les dalles du trottoir sur lesquelles tu poses les pieds. Arrivé à la porte de la clôture du domaine, tu tentes de toutes tes forces de l'ouvrir, mais en vain. Tu te rends alors compte qu'elle est figée dans la rouille. Soudain, un cri

sourd, venant du manoir, retentit et te glace d'effroi :
«YAAA-A-A-A-H!».

Malgré ta peur, tu dois trouver un moyen de pénétrer dans le domaine. Au coin de la rue, un réverbère éclaire et met en évidence un arbre qui surplombe le mur de pierre. «En y grimpant, je pourrai peut-être traverser de l'autre côté de la muraille», te dis-tu. Tu remarques aussi par terre une bouche d'égout. Elle pourrait probablement te conduire à l'intérieur du domaine.

Si tu préfères te servir de l'arbre pour te rendre à l'intérieur du domaine, grimpe jusqu'au numéro 7.

Par contre, si tu n'as pas peur de l'obscurité, tu peux te risquer d'y entrer par l'égout qui se trouve au numéro 18.

24

Tu es tout étonné lorsque tu constates que le zombi a été assommé et qu'il gît maintenant dans la vase. «Cette pierre a dû l'atteindre à la tête avant de tomber et de rouler près de moi. Mais, ma foi, d'où venait-elle?» te demandes-tu.

*Oui! d'où venait cette pierre? Rends-toi au numéro
38 : peut-être y trouveras-tu la réponse...*

Il se fait tard, et le paysage s'assombrit de plus
en plus. Le silence qui règne pèse lourd sur tes
épaules. Seules bruissent les branches de ces

arbres morts qui t'entourent et qui semblent guider tes pas. Fais attention! À tout instant, une des créatures répugnantes du clan de la sorcière peut te barrer la route et t'assaillir. Au bout de ce chemin sombre fait de gravier d'ardoise apparaît enfin... LE MANOIR RAIDEMORT!

Il se dresse à quelques mètres de toi, majestueux et terrifiant. Si c'est vrai que la peur peut guérir le hoquet, eh bien toi, tu ne l'auras plus jamais...

Le brouillard se dissipe peu à peu. Ton regard embrasse la lune, ta seule compagne depuis le début de ton aventure. Elle éclaire cette voie qui te conduit vers l'ultime étape de ce cauchemar.

Tu marches lentement, très lentement. Il semble s'écouler plusieurs minutes entre chacun de tes pas, minutes qui te donnent l'impression de se transformer en heures, puis en éternité.

Cinq colonnes entourent le portail de l'entrée comme les cinq doigts d'une main immense prête à te saisir. «Cette lugubre demeure ne me fait pas peur», essaies-tu de te convaincre. Tu t'avances jusqu'à la porte que tu tentes d'ouvrir. Est-elle verrouillée?

Pour le savoir, TOURNE LES PAGES DU DESTIN.

Si la porte n'est pas verrouillée, entre par le numéro 40.

Si, par contre, elle l'est, tu dois trouver une autre façon d'y entrer. Cherche au numéro 58.

26

De son unique bras, IL T'ATTRAPE PAR LE CHANDAIL! Ses plaies ouvertes et purulentes te laissent entrevoir ses os et sa chair putréfiée. Tu laisses échapper un «OUARK!» avant de te couvrir la bouche de la main pour éviter de vomir.

«Il semble bien que ma chance de devenir un héros tire à sa fin», penses-tu tandis qu'il t'entraîne dans les profondeurs crépusculaires du cimetière. Tes pas s'enfoncent graduellement dans le sol à demi inondé d'une dégoûtante substance visqueuse qui colle à tes espadrilles.

Il te traîne sur plusieurs mètres encore avant de s'arrêter devant un monticule de terre et de vase où niche une très ancienne pierre tombale fissurée, placée en équilibre précaire. C'est alors qu'il ouvre sa bouche pourrie et à demi décomposée. Un liquide noirâtre s'en écoule, suivi de l'écho sépulcral d'un cri dont la source semble être ses entrailles corrompues :

GUEEEUUUUU...

Une partie du monticule se met soudainement à bouger. Lentement, t-r-è-s l-e-n-t-e-m-e-n-t, une répugnante main osseuse en sort. «NON! PAS UN AUTRE ZOMBI...» cries-tu, avec raison, car si jamais le deuxième mort-vivant réussit à sortir de son tombeau, tu ne pourras sans doute jamais échapper à ces deux monstres assoiffés de sang.

Pour savoir à combien de ces monstres tu auras à faire face, TOURNE LES PAGES DU DESTIN.

Si le destin a décidé que tu ne feras face qu'à un monstre, rends-toi au numéro 16.
Mais si, par malchance, tu dois affronter deux monstres, ton avenir est au numéro 19, si tu en a un...

En dépit de tes appréhensions, tu empruntes ce sentier qui a l'air aussi tortueux que dangereux jusqu'à cette plantation qui, étrangement, cache une clairière. À pas prudents, tu avances jusqu'au milieu de cet espace dégarni. Tout autour, de grandes et hideuses plantes sont disposées côte à côte comme les barreaux hostiles d'une prison.

Tu remarques tout à coup que les immenses feuilles au rebord en dents de scie de ces plantes sont toutes orientées vers toi, comme si elles avaient senti ta présence. Pour en avoir le coeur net, tu déambules lentement dans la clairière, mine de rien. Les feuillages suivent tes déplacements et s'arrêtent lorsque tu t'arrêtes.

«OH! OOOH! Je n'aime pas cela du tout», murmures-tu. Ce sont sûrement les fameuses plantes carnivores des "épreuves du diable", et tu constates quelles sont affamées. Oui, car elles se lèchent les babines. Devant ce danger, tu cherches désespérément à fuir. Mais avant d'avoir fait le moindre geste, TU ES ATTAQUÉ!

Combien de ces créatures aux dents acérées comme des poignards devras-tu affronter?

Pour le savoir, TOURNE LES PAGES DU DESTIN.

Si, par chance, tu dois te battre avec seulement une plante, rends-toi vite au numéro 82.
Mais si les pages du destin ont décidé que tu devras en affronter deux, va au numéro 37.

28

Le valet se dirige vers la porte de vitrail du salon.

«Je vais le suivre, te dis-tu : peut-être me conduira-t-il directement à la sorcière.» Sa démarche droite et stoïque te rappelle celle des guerriers-robots du film *La Guerre des planètes*.

Il change de direction et se dirige maintenant, à ta grande surprise, directement... VERS UN MUR!

«Mais qu'est-ce qu'il fait? Où va-t-il? te demandes-tu ; il n'y a aucune porte dans cette partie de la maison. Peut-être qu'il y a un passage secret...»

Tu ne quittes pas des yeux le valet qui poursuit toujours son chemin, car il pourrait à tout moment disparaître par une trappe dans le plancher ou par toute autre ouverture cachée. Mais arrivé au mur, il passe à travers comme si de rien n'était, COMME UN FANTÔME!

Tu t'approches du mur pour voir s'il ne s'agirait pas plutôt d'un passage secret. Tu poses les mains sur le mur. «Non! pas de corridor caché : ce valet était donc un REVENANT», constates-tu avec stupéfaction. «Incroyable, la sorcière Frénégonde a un fantôme comme serviteur!»

Juste au moment où tu t'apprêtes à repartir vers la cuisine, SA MAIN RESSORT DU MUR...

Cherche le numéro 85.

29

Au moment même où tu poses le pied sur le plancher, la porte se referme **BLANG!** et se barre **CHLICK!** TU ES MAINTENANT PRISONNIER DE CE COULOIR!

Maintenant, il te faut absolument le traverser si tu veux t'en sortir, en essayant bien sûr de ne pas te faire harponner par les griffes de ces dégoûtantes mains crasseuses. Si par malheur, une seule d'entre elles t'attrape... elle te ramènera inlassablement au début du couloir, et il ne te restera plus qu'à essayer de nouveau à le franchir. Comme un perpétuel recommencement. Prisonnier, tu passeras le reste de ta vie à essayer de t'enfuir...

Tu surveilles attentivement chacun de leurs mouvements, tantôt irréguliers, tantôt prévisibles, attendant l'occasion pour te faufiler entre elles. Finalement, une ouverture s'offre à toi.

VAS-Y! cours jusqu'au numéro 77.

Tu te retournes *rapidement* vers la porte de vitrail.

Suspendue à son linteau, une gigantesque chauve-souris carrément dégueulasse ouvre grand ses ailes noires puis s'envole dans la pièce dans un tumulte de cris. HRUI! HRUI! HRUI!

Effrayé, tu recules rapidement... Trop tard, car les trois bougies s'éteignent... Perdu dans la pénombre, tu laisses échapper un «OUCH!» Elle t'a mordu...

Le visage grimaçant de douleur, tu te demandes si sa morsure est mortelle. La réponse ne tarde pas à venir. Affaibli, tu tombes sur le dos. Il fait soudainement encore plus sombre dans ce monde de noirceur...

FIN

31

Tu tends la main, mais au lieu de glisser et de s'ouvrir, le tiroir pivote de façon inattendue vers la droite. Le bruit sec d'un mécanisme infernal se déclenche et fait entendre un **TCHIIIC-CLIC.** C'EST UN PIÈGE!

Brusquement, le fauteuil bascule dans une trappe à abattant pratiquée dans le plancher. Tu tombes et arrives bruyamment sur le sol **BANG!** d'une pièce souterraine, toujours assis dans le fauteuil.

«OUA-A-A-AH!» fais-tu à la vue des ossements entremêlés de serpents vert vif qui couvrent le sol de cette pièce. Un grondement indescriptible te fait bondir de ton siège : **GRR-GRR-GRRR!** Irrité, tu cherches la provenance de ce bruit incessant. Tes yeux s'agrandissent de frayeur quand tu constates que... LES MURS SE RAPPROCHENT ET VONT T'ÉCRABOUILLER!

SAUVE QUI PEUT! Sans perdre une seconde, tu cours vers l'extrémité de la pièce qui rétrécit de plus en plus. Les ossements que tu piétines craquent et se brisent sous tes pieds. IL N'Y A PAS DE SORTIE !

Les murs se rapprochent toujours, ils sont maintenant tout près, c'est la...

FIN

C'est avec mille précautions que tu refermes la trappe pour éviter de faire le moindre bruit. Tu te retrouves maintenant dans ce qui semble n'être qu'une simple baraque désaffectée, faite de planches de bois disjointes. Elle ne contient qu'une table et une vieille chaise brisée, que la lune éclaire à travers la fenêtre sans vitre.

Soudain, un étrange hurlement se fait entendre. Il est si effrayant qu'il te glace le sang...

WOOOUUUUUUH!

Poussé par la curiosité (OU LA PEUR!), tu t'approches lentement de la fenêtre.

GRRRRRRR! GROOOOW!

Oui! Ce grognement vient de l'extérieur de la cabane. «Mais quelle espèce d'animal peut bien gémir de la sorte?» t'interroges-tu en jetant un coup d'oeil craintif à la fenêtre.

Dressé, les yeux rougis de sang, un animal mi-homme, mi-loup hurle à la pleine lune qui apparaît tout d'un coup entre deux nuages.

WOOOUUH!

SAPRISTI! C'est un loup-garou... Effrayé, tu peux à peine à respirer. Ce n'est pas du cinéma : celui-ci est bien en chair, en os, en poils et EN DENTS LONGUES ET POINTUES.

WOOOUUUUUUUUUHH!

Tu examines l'intérieur de la baraque. L'unique porte de cette cabane se trouve dans la partie peu éclairée de la pièce. Si elle s'ouvre, voilà ta chance de t'éclipser sans que ce loup-garou assoiffé de sang ne te voie. Mais peut être est-elle verrouillée? Dans ce cas, tu devras essayer de sortir discrètement par la fenêtre afin d'éviter de tomber dans les griffes de ce redoutable monstre.

*Pour savoir si la porte est verrouillée, **TOURNE LES PAGES DU DESTIN.***

Si, par chance, la porte n'est pas verrouillée, sors et cours vite jusqu'au numéro 2.

Mais si par malheur la porte est verrouillée, tu dois tenter de fuir par la fenêtre en passant par le numéro 9.

Tu te mets à penser à ta pauvre mère ainsi qu'à

tous les autres innocentes victimes que cette satanée malédiction a faites. «Je dois aller jusqu'au bout, te dis-tu, il est hors de question que je reparte sans elle. Je dois trouver cette ignoble sorcière coûte que coûte...»

Il y a une chose qu'il ne faut pas que tu oublies. Ce n'est pas sorcier de trouver UNE SORCIÈRE! Parce que, vois-tu, la plupart du temps, c'est elle qui te trouve...

Un peu plus loin, tu aperçois une petite construction cachée entre les arbres tortueux de cette lugubre forêt. Des formes inquiétantes passent en voltigeant au-dessus de toi et disparaissent au loin dans l'obscurité. «C'ÉTAIT QUOI ÇA?» te demandes-tu. Tu te sers du revers de ta manche pour t'essuyer le front. La sueur qui couvre ton visage n'est pas due à la chaleur : c'est la peur...

À première vue, ce bâtiment de bois et de pierres semble inoccupé... pour l'instant. Tu t'en approches pour voir si tu ne pourrais pas y entrer.

CLIC! CLOC! fait le verrou, et la porte s'ouvre sous tes doigts.

Tu y entres par le numéro 13.

«Si Jean-Christophe est à la hauteur de sa réputation de CHASSEUR DE FANTÔMES, il tirera sûrement son épingle du jeu lorsqu'il sera nez à nez avec le loup-garou» essaies-tu de te convaincre afin d'oublier ton inquiétude.

De la fenêtre, tu le regardes marcher le long du mur. Dire qu'il est si près de toi et que tu ne peux même pas lui faire le moindre signe pour l'avertir du danger qui l'attend. Tu ne peux t'arrêter de penser à l'expression «Se jeter dans la gueule du loup»... Ouais! Du loup-garou serait plus juste!

Bien inconscient du danger, il contourne le coin de la maison et se retrouve, comme tu l'avais prévu, face à face avec l'homme-loup. Ce dernier se lance férocement sur lui. Jean-Christophe esquive brillamment l'attaque en se jetant par terre. Le loup-garou revient à la charge.

GROOOOOOOUUUU!

Jean-Christophe se relève d'un coup, fait demi-tour et s'enfuit à toutes jambes. Avec le loup-garou à ses trousses, il disparaît entre les arbres de l'obscure et dangereuse forêt. «Pourvu qu'il ne lui arrive rien, te dis-tu, je m'en voudrais pour le reste de ma vie.»

Très inquiet, tu pars vers le numéro 74.

Sans plus attendre, tu t'allonges à plat ventre sur le sol. Ton corps disparaît, enveloppé comme dans une couverture par cette étrange brume verte qui semble provenir des profondeurs les plus sombres de la forêt. En surveillant le groupe de corbeaux des yeux, tu rampes prudemment pour ne pas attirer leur attention.

Tu te traînes ainsi pendant de longues et angoissantes minutes, pour t'éloigner de leur repaire. Enfin tu te relèves en secouant vigoureusement tes jeans pour enlever la saleté. «Bien joué!» penses-tu. Mais là tu te trompes! Sans t'en rendre compte, tu t'es engouffré trop profondément dans le boisé des «ARBRES IDENTIQUES!»

Dans cette forêt maléfique, il est impossible de retrouver son chemin, car vois-tu... TOUS LES ARBRES SE RESSEMBLENT!

FIN

Rendu à l'entrée de la cour de ta maison, tu t'arrêtes pour saluer ta copine qui, perdue dans ses pensées, continue son chemin sans mot dire. «Que de balivernes tout cela!» conclus-tu au moment de mettre le pied sur le balcon.

Chose curieuse, la porte de la maison est entrouverte. Sans t'en préocuper, tu entres. «Bonjour maman!» lances-tu en la refermant, mais aucune réponse ne se fait entendre. Tu répètes. Mais le silence persiste toujours. Tu te mets à la chercher dans toute la maison.

Dans la cuisine, tu ne trouves pas même la note qu'elle t'aurait normalement laissée sur le réfrigérateur. Par contre, tu remarques, sur le parquet, une orange... Tu t'approches pour la ramasser. Tu constates que le contenu d'un sac d'épicerie déchiré est répandu sur le plancher. Ton regard fait rapidement le tour de la pièce : des traces de lutte sont nettement visibles. Tu songes tout à coup à ce que t'a raconté Annick.

«Se pourrait-il que toute cette invraisemblable

histoire de malédiction soit vraie? Il n'y a pas d'autre explication, songes-tu tout à coup, car maman ne quitte jamais la maison sans me laisser une note. Cette cruelle sorcière a dû emmener ma mère jusqu'au manoir.»

À cette pensée, tu te mets aussitôt à trembler. Que vas-tu faire? Tu ne peux même pas rejoindre ton père, car il est en voyage d'affaires. Dans un vent de panique, tu te diriges directement sur le téléphone pour tenter de rejoindre la police, mais ça se complique : QUELQU'UN A COUPÉ LA LIGNE TÉLÉPHONIQUE.

À ce moment, tu réalises que tu n'as pas le choix. Tu dois agir vite... et SEUL.

Rends-toi sur le champ au manoir Raidemort qui se trouve au numéro 23.

37

Brusquement, dans un fracas épouvantable **GRRRBBROUUU!**, deux de ces hideuses plantes carnivores aux mâchoires proéminentes sortent de leur lit de terre. Elles avancent vers toi en grattant le sol de leurs grossières racines couvertes de ventouses. Avec la hargne d'un animal enragé, elles passent à l'attaque...

Même s'il y a peu de chance que tu puisses les vaincre dans un combat singulier, tu te jettes d'un seul bond sur l'une d'elles. Les deux pieds bien ancrés dans son feuillage, tu la martèles de coups de poing. Mais peine perdue, ça ne fait que l'enrager davantage. Furieuse, elle se met à gronder et à rugir : GRRROOW! RRRROOU! Se secouant énergiquement de tous les côtés, elle fouette l'air de ses feuilles tranchantes comme des lames de rasoir et t'entaille le bras. SWOUCHH! Tu saignes abondamment.

Avec une foudroyante rapidité, elle t'enroule ses lianes tentaculaires autour du corps pour te serrer contre son tronc hérissé d'épines empoisonnées. À demi étouffé, tu te débats pour te dégager. Tu résistes et résistes, mais en vain. Ton corps est tellement compressé que tu arrives à peine à respirer. Les épines se rapprochent, tu te sens tout à coup étourdi. Tu bascules dans l'inconscience. Malheureusement, ton aventure est arrivée à sa...

FIN

Un murmure se fait soudain entendre. Ça semble provenir du fond du cimetière, de l'autre côté de la clôture. Un autre zombi peut-être? Prudent, tu tends l'oreille...

Non, c'est une voix familière, qui en plus t'appelle par ton nom. «Qui est là? demandes-tu, intrigué.

— C'est moi! Jean-Christophe, répond la voix.

— JEAN-CHRISTOPHE! Est-ce bien toi? lui demandes-tu, espérant recevoir une réponse affirmative.

— Oui! te répond-il en écartant les vagues de brouillard de ses mains. C'est bien moi! Tu t'attendais à voir un fantôme? te demande-t-il d'un ton moqueur.

— Oui, car il faut me croire, il y en a plein de ce côté-ci!

— Je sais, c'est moi qui ai lancé les pierres par-dessus le mur pour assomer le zombi, précise-t-il, heureux de son coup.

— Merci de m'avoir sorti de ce danger. Mais dis-moi, comment as-tu pu deviner que j'étais ici?

— Alors que je faisais des courses pour mon père, j'ai vu qu'une sorte de revenant emportait ta mère, alors je n'ai pas hésité une seconde, je l'ai suivi jusqu'ici. Il a survolé la clôture, puis s'est directement dirigé, comme je pensais, vers le manoir de la sorcière Frénégonde.

— J'EN ÉTAIS SÛR! Je dois absolument aller la sauver, lui dis-tu d'un ton résigné.

— Écoute-moi bien, te conseille Jean-Christophe, j'ai consulté *L'Encyclopédie noire de l'épouvante*, et la légende dit que le domaine de la sorcière est protégé par LES ÉPREUVES DU DIABLE. Il s'agit de deux obstacles de taille : les infranchissables marais et le jardin des plantes carnivores affamées. Pour te rendre au manoir, tu dois passer par l'un ou l'autre. Les deux routes regorgent de périls I N I M A G I N A B L E S, même dans le pire des cauchemars. SOIS TRÈS PRUDENT! J'essaierai de te rejoindre. À plus tard», dit-il en s'éloignant.

À nouveau seul, tu te retrouves au numéro 21.

39

Monter dans une échelle faite de cordage ne se fait pas sans difficulté, car ça branle énormément. Avec un chandelier dans les mains en plus, ce n'est

certes pas une sinécure.

Rendu à mi-chemin, tu regardes ta montre tout en essayant de reprendre ton souffle. Elle indique 23 h 15. Tu réalises à cet instant qu'il sera bientôt minuit et que tu te retrouves suspendu au coeur même de ce sinistre manoir.

«Belle façon de passer ma première nuit dans mon nouveau quartier, songes-tu. Papa ne croira jamais mon histoire. Si je réussis à m'en sortir vivant, évidemment...»

Sans trop t'en rendre compte, tu as fait une découverte assez importante. En effet, l'échelle dans laquelle tu viens de grimper aboutit à un corridor secret conduisant de l'autre côté de l'immense porte en bois derrière laquelle se trouvent... LES FAMEUX CACHOTS!

Rampe prudemment dans le tunnel et rends-toi discrètement jusqu'au cachot qui se trouve au numéro 52.

Tu t'avances en poussant l'immense porte qui s'ouvre en grinçant d'une musique qui semble venir des confins de l'enfer.

SHRIIIIIKKKSSSS!

L'ambiance spectaculairement funèbre du hall te saisit. Le plafond et les murs de la pièce sont ornés de guirlandes faites de toiles d'araignées, ce qui lui confère un air de FÊTE MACABRE à laquelle tu es invité! L'endroit est éclairé par une douzaine de chandelles qui se consument dans l'immense candélabre de cristal qui trône au centre de la pièce. Sur le tapis de poussière qui couvre tout le plancher, des marques de pas conduisent jusqu'au pied d'un grand escalier.

Entre les papiers peints qui frisent sur les murs, tu remarques trois portes. Tes yeux ne peuvent se détacher de l'une d'entre elles, la plus grande. L'intrigant vitrail dont elle est décorée suscite en toi une attirance que tu ne peux t'expliquer. Tu t'en approches. Plusieurs bouts de verres colorés d'un rouge vermillon forment les mots : «TA FINAM ES PROCHEM».

«Ta fin est proche... C'EST LA LANGUE DES SORCIÈRES! Sans doute pour avertir ou pour effrayer les trouillards», te dis-tu. Mais c'est bien inutile, car avec tout le chemin que tu viens de parcourir et les embûches que tu as dû affronter, ce n'est certes pas maintenant que tu vas abandonner. Décidé, tu entreprends donc de

tourner la poignée.

TOURNE LES PAGES DU DESTIN pour savoir si la porte est verrouillée.

Si elle est verrouillée, rends-toi au numéro 48.
Si elle s'ouvre, retrouve-toi au numéro 67.

41

C'est avec grand soulagement que tu ouvres la porte. Tu traverses le seuil : aussitôt, elle se referme d'elle-même. Tu tentes de tourner la poignée, mais elle est désormais verrouillée. «Elles ont toutes la même manie, ces portes», grognes-tu maintenant dans l'obscurité.

Tu marches lentement puisque tu n'y vois rien. Des toiles d'araignées se collent à ton visage. «YARK!» Tu les enlèves, dégoûté.

Un peu plus loin, une fenêtre laisse pénétrer une faible lueur. Tu t'en approches pour te baigner dans la clarté rassurante de la lune. À l'extérieur, c'est tout un spectacle qui s'offre à toi! Le cimetière, les marais, le laboratoire et... JEAN-CHRISTOPHE!

«JEAN-CHRISTOPHE!!! Mais qu'est-ce qu'il fait ici? te demandes-tu, très surpris. Comment a-t-il fait pour entrer dans le domaine?»

Tandis que tu le suis des yeux, un bruit se fait entendre : **KLOMP!** Nul doute qu'il y a quelque chose avec toi ici, dans la même pièce. Sans doute un autre de ces monstres. Une grosse bouffée de chaleur te monte à la tête. Figé par la peur, tu jettes à nouveau un coup d'oeil à la fenêtre. Jean-Christophe longe le manoir ; il cherche sans doute lui aussi une façon d'y entrer.

Tout à coup, ton visage s'étire de frayeur. Caché dans l'ombre d'un arbre, une bête mi-homme mi-loup attend pour se jeter sur lui... UN LOUP-GAROU!

Maintenant tu fais face à un sérieux dilemme :

Si tu veux prévenir Jean-Christophe de la présence du loup-garou et, par le fait même, avertir le monstre qui se trouve près de toi de ta présence, va au numéro 62.

Si, par contre, pour éviter l'affrontement avec le monstre, tu demeures muet et laisses Jean-Christophe faire face au loup-garou (après tout, c'est un TÉMÉRAIRE DE L'HORREUR), rends-toi au numéro 34.

42

Droit devant toi surgit la créature... UN CERBÈRE! Un des chiens à trois têtes qui gardent habituellement les portes de l'enfer. Mais malheureusement pour toi, il est ce soir le vigile de la sorcière Frénégonde. Ce cabot-mutant peut d'une seule morsure couper court à ton aventure.

Immobile, il te fixe de ses yeux étincelants et t'observe en fouettant l'air de sa queue écailleuse. «La peste soit de ce foutu loup-garou, songes-tu ; c'est à cause de lui que je suis pris dans une si fâcheuse posture.» Après quelques longues secondes et à ta grande stupeur, le chien à tête triple fait demi-tour et s'éloigne en disparaissant dans l'obscurité. Ton coeur bat si fort que tu as l'impression qu'il va sortir de ta poitrine.

À ce moment, le courant d'air créé par le carreau de la fenêtre que tu as brisé fait ouvrir une porte à l'autre bout de la pièce : **CRIII-I-I-IHHH.** Un filet de lumière t'invite à en passer le seuil pour fuir. En filant vers cette sortie, tu sens tout à coup que le cerbère est revenu et te suit.

Saisi de panique, tu te diriges au plus vite vers la porte. Tu es sur le point de la fermer lorsque le cerbère passe une de ses trois têtes monstrueuses

dans l'ouverture : **GRRRRRRR!**

En tenant bien fort la poignée, tu lui fais la guerre. Tout en évitant de te faire mordre, tu réussis finalement à fermer la porte.

Serrant ton poing en signe de victoire, tu pars en direction du numéro 80.

Tu soulèves le loquet de métal : **CLIC!** La lourde porte s'ouvre en déchirant les tapisseries de lichen rêche qui la recouvrent en partie. Quelques sales bestioles apeurées se faufilent et disparaissent entre les dalles de marbre qui recouvrent le sol.

«Plantes carnivores, plantes carnivores, mon oeil! murmures-tu en entrant dans le jardin. Je ne crains pas ces plantes meurtrières, j'en ai déjà vues lors d'une sortie d'école au jardin botanique de la ville, et elles sont minuscules. Elles ne mesurent pas plus de 15 cm et elles ne mangent (OUARK!) que des mouches...»

Tu jettes un coup d'oeil aux alentours. Les mauvaises herbes poussent de partout. Ou plutôt

«les mauvais arbres», car les plantes ici semblent gigantesques. «Ce n'est pas un jardin, ça, t'exclames-tu, exaspéré, C'EST UNE JUNGLE!»

Pour avancer, tu dois contourner des troncs géants et te glisser entre le feuillage moite des arbres.

«Pas moyen de savoir si je suis dans la bonne direction, je ne vois A-B-S-O-L-U-M-E-N-T rien», grognes-tu.

Cherchant longuement dans ce terrifiant jardin, tu finis par trouver un sentier. Du côté gauche, le chemin semble aboutir à une curieuse plantation et du côté droit, il s'assombrit et ne te laisse guère entrevoir où il débouche...

Si tu veux t'en aller vers la gauche, du côté des plantes «bizarroïdes», rends-toi au numéro 27.

Si, par contre, c'est le sentier obscur qui chatouille ta curiosité, risque le tout pour le tout et tourne vers la droite en te rendant au numéro 51.

44

Après une longue marche dans les dédales de la forêt, tu entrevois finalement, entre les arbres tordus et desséchés, les pierres tombales du cimetière. Hostile et lugubre, il a été aménagé dans une large clairière dans le coin le plus retiré du domaine.

Tu fais quelques pas en avant, puis (WOUPS!) tu t'arrêtes de bouger lorsque tes yeux tombent sur une silhouette errant entre les sépultures. Malgré les ténèbres, tu peux facilement distinguer cette créature d'allure morbide. L'odeur de son corps putréfié te monte au nez et te donne la nausée : «BEURK, UN MORT-VIVANT!» Ce zombi est sans doute un monstre à la solde de la sorcière Frénégonde.

Affolé, tu recules d'un pas. Mais trop tard, son regard bleu et glacial a décelé ta présence : IL AVANCE VERS TOI...

Pour savoir si cette horrifiante créature va t'attraper, TOURNE LES PAGES DU DESTIN.

S'il t'attrape, rends-toi au numéro 26.
S'il ne t'attrape pas, fuis jusqu'au numéro 20.

45

BIII-I-IP, BIII-I-IP! La sonnerie de ta montre résonne soudain, brisant le silence macabre du marais. Tu appuies aussitôt sur le petit bouton pour la faire taire. Tu jettes un regard à l'afficheur qui brille faiblement. Il est déjà 22 h...

Plusieurs de ces arbres tortueux, d'allure sinistre, sont par endroits rongés par la moisissure. Tu devras donc passer d'un arbre à l'autre en prenant bien soin de choisir les plus solides, car une seule fausse manoeuvre et **FLAC!** tu couleras à pic dans le sol vaseux du marais.

Doucement, avec d'infinies précautions, tu grimpes au premier. À ta grande surprise, tu te rends assez facilement à sa cime. Là, avec l'aide des branches, tu passes au deuxième arbre, et puis au troisième... «Ça va, te rassures-tu, j'aperçois déjà la rive.»

Pendant que tu évolues d'un arbre à l'autre, une mystérieuse nageoire sillonne le marais et coupe la surface calme de l'eau. Tu t'arrêtes. «Mais qu'est-ce que c'est que ça? te demandes-tu. Je n'aime pas cela du tout», ajoutes-tu tandis que la nageoire s'arrête, curieusement, JUSTE AU PIED DE L'ARBRE SUR LEQUEL TU ES JUCHÉ!

Lorsque tu auras fini de frissonner de peur, rends-toi au numéro 56.

Le chiffre 8 est écrit plus gros que le chiffre 14, qui est en même temps un nombre supérieur à 8. Il n'y a donc pas de bonne réponse et pas de mauvaise. «Cette énigme est une sorte de... PARADOXE!» constates-tu tout à coup.

«Il n'y a qu'une façon de le savoir», te dis-tu en abaissant le levier de gauche du côté du chiffre 8. **SHRRRRRRR!**

Espérant que la question fasse référence à la grosseur du chiffre, tu recules de quelques pas afin d'être prêt à déguerpir s'il le faut. Fronçant les sourcils, tu surveilles attentivement le marais toujours calme. Après quelques longues minutes d'attente, une sinistre embarcation, enveloppée de brume, apparaît soudain au loin.

La barque glisse lentement et brise la surface miroitante du marais. À son bord, une étrange silhouette voilée de noir frappe l'eau de sa rame et la guide jusqu'au rivage tout près de toi. Ta curiosité l'emporte sur ta peur et te pousse à rester là, immobile. Tu comprends à cet instant que tu as trouvé la bonne réponse et que cette sinistre chaloupe t'emmènera de l'autre côté de la rive. Avec méfiance, tu y mets le pied, l'embarcation bascule légèrement puis s'arrête lorsque tu t'assois.

D'un coup de rame, le curieux personnage fait avancer la chaloupe sur l'eau. Un frisson te traverse le dos lorsque tu t'aperçois que le macabre rameur... N'A PAS DE VISAGE!

Doucement, le mouvement régulier de la rame t'amène jusqu'à l'autre berge, où tu te retrouves enfin au numéro 25. Le manoir de Frénégonde n'est plus bien loin maintenant.

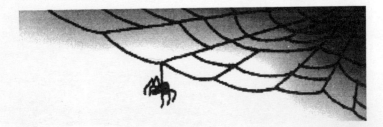

47

«Un peu plus loin... C'est à dire, LOIN DU MANOIR.

— Écoute-moi bien, dit-elle, tandis que vous tournez le coin de la ruelle. Tu sais qu'ici, comme dans tous les autres quartiers, il y a des choses qu'il ne faut absolument pas faire ou des paroles qu'il faut à tout prix éviter de prononcer. Des trucs tabous quoi! Et ce quartier ne fait pas exception. Non monsieur, ce n'est pas les histoires de fantômes qui manquent dans le quartier OUTREMONSTRE. Tu peux en parler aux Téméraires de l'horreur.

— AUX TÉMÉRAIRES DE L'HORREUR? répètes-tu.

— OUI! Si par malheur, ta chambre est hantée par des fantômes ou que tu as maille à partir avec un voisin vampire et que la police ne peut rien y faire, eh bien tu peux appeler Jean-Christophe et Marjorie : ce sont les téméraires de l'horreur. Ensemble, ils ont vécu des aventures si horrifiantes qu'elles auraient fait dresser les cheveux sur la tête

de n'importe qui, même d'une personne chauve, précise Annick avec sourire forcé.

— Je connais Jean-Christophe, l'informes-tu, il est dans la même classe que moi...

— Oui, c'est bien lui, poursuit-elle ; je n'oublierai jamais la fois où toute notre classe s'était fait piéger par d'horribles zombis pendant une excursion de camping organisée par l'école. Un soir de pleine lune, ces monstres qui venaient sans doute de la Vallée de la mort nous avaient surpris autour du feu de camp. C'est alors que Jean-Christophe et Marjorie nous avaient sortis de ce mauvais pas en les persuadant de jouer à un jeu "très très" amusant, qu'ils leur avaient dit : au «CERVEAU MUSICAL». Ça se joue un peu à la façon de la chaise musicale, sauf qu'à la place des chaises, ON CHANGE DE CERVEAU! Les zombis en ont perdu la tête...

— Et le manoir, lui demandes-tu, pourquoi s'est-il soudainement enveloppé de ce curieux brouillard lorsque j'ai dit que j'habitais sur la rue Latrouille?

— Je vois que personne ne t'a prévenu. Le manoir Raidemort est la source d'une terrifiante malédiction qui frappe tout le voisinage. Tout a commencé il y a plusieurs années, lorsqu'une vieille dame nommée Clarisse Frénégonde en a fait l'acquisition. Par la suite, une foule d'étranges événements s'y sont produits. Entre autres, toutes les personnes qui habitaient les maisons de la rue

Latrouille sont disparues l'une après l'autre sans laisser de traces.

L'agent immobilier aurait dû vous prévenir, poursuit-elle ; pour tes parents, cette maison était sans doute une aubaine trop alléchante. Ils l'ont achetée sans savoir qu'elle cachait un terrible secret : UNE MALÉDICTION! Eh oui, et la responsable de cette malédiction serait en vérité... UNE SORCIÈRE MALVEILLANTE versée dans la magie noire, conclut-elle.

— Je sens que je vais faire des cauchemars cette nuit en pensant à ton histoire, marmonnes-tu.

— Partons! Il se fait tard», s'empresse d'ajouter Annick.

Oui, partez jusqu'au numéro 36.

L'attirante porte de vitrail est malheureusement verrouillée. Tu tournes la poignée dans un sens puis dans l'autre : rien à faire.

Tu t'approches du vitrail pour essayer de voir ce qu'il y a de l'autre côté, mais le verre fortement coloré ne te laisse rien entrevoir. Déçu, tu te diriges vers l'autre porte tout près d'un large buffet de chêne. Chacun de tes pas soulève un nuage de poussière.

C'est sans doute la porte qui donne vers le sous-sol. Tout le long du trajet, tu espères qu'elle ne soit pas verrouillée. Tente ta chance avec LES PAGES DU DESTIN.

Si elle n'est pas verrouillée, retrouve-toi au numéro 73.

Par contre, si les pages du destin ont déterminé qu'elle était fermée à clé, va au numéro 53.

49

Le baril de bois servant de poubelle s'agite en tous sens. Une de ces horribles créatures poilues et pleines de boutons bondit d'un coup hors du baril.

«BEU-U-RK!», laisses-tu échapper. Ce monstre, de la taille d'un chat, ressemble à un gros ver de terre plein de poils avec une tête de poisson. Tu dois à tout prix éviter une confrontation, car un simple toucher de ses pustules dégoulinantes d'acide pourrait avoir de graves conséquences.

GRRRRRRRRR! GRRRRR! grogne l'immonde bête en roulant vers toi, toute recroquevillée sur elle-même.

Tu es pris dans une bien fâcheuse position. Tu as malgré tout deux solutions, mais tu dois agir vite : sauter sur la table qui se trouve tout près pour te mettre le plus rapidement possible hors de sa portée, ou tenter de te rendre jusqu'à la grande armoire pour t'y cacher en espérant qu'elle finisse par s'en aller.

Pour sauter sur la table, rends-toi au numéro 57.
Si tu veux essayer de te cacher dans l'armoire, va au numéro 63. C'est peut-être risqué, mais...

Tu regardes d'un air ironique par-dessus ton

épaule les mains gesticuler inutilement. Tu leur fais une grimace moqueuse.

Après cette dure épreuve, tu te retrouves encore devant une porte. Tu souhaites de tout coeur qu'elle soit déverrouillée sinon ce macabre couloir sera ton tombeau, où tu pourriras à jamais. Oui, car personne ne sait que tu es ici...

Va vite voir au numéro 41.

Malheureusement, tu te retrouves prisonnier dans les profondeurs d'un intrigant couloir. Les haies d'environ deux mètres de haut t'empêchent de voir où tu vas.

Tu arrives enfin à un carrefour. Dans le corridor de droite, tu remarques par terre les restes décharnés d'un animal maintenant à l'état de carcasse. Pris de dégoût, tu empruntes machinalement celui de gauche. Quelques mètres plus loin, tu passes dans un embranchement qui s'ouvre vers le sud. Tout droit, le chemin se divise en deux. Tu prends celui qui semble aboutir sur un autre carrefour. «AH NON! DITES MOI QUE JE RÊVE!», cries-tu en apercevant encore une fois le squelette de l'animal. «Je suis prisonnier dans un foutu labyrinthe!»

Non! personne n'est jamais sorti vivant de ce labyrinthe dans lequel tu te trouves maintenant. On raconte même que seul le vent réussit à y trouver son chemin, transportant avec lui les plaintes déchirantes des âmes perdues.

«Du calme, il ne faut pas que je m'affole. Pour ne pas errer inutilement, je dois y aller de façon méthodique», te raisonnes-tu en continuant à marcher. «Oui, je dois trouver avant tout un point de repère. UN POINT DE REPÈRE? Il n'y a rien d'autre que des haies et la lune ici. OUI, LA LUNE! C'est un bon point de repère, ça. Elle est pour l'instant à ma droite. Donc, si je me déplace dans le dédale du labyrinthe en m'assurant qu'elle demeure toujours de ce côté, je pourrais éviter de tourner en rond et finir par sortir de cet inextricable labyrinthe.»

Tu te mets donc à te promener d'un couloir à l'autre en veillant bien sûr à avoir toujours la lune à ta droite jusqu'à ce que, après seulement quelques minutes de marche tu aperçoives... LA SORTIE!

«FIOU! ma méthode a fonctionné... Merci, madame

la lune!» lances-tu vers le ciel tandis que les murs de haies s'écartent peu à peu et t'ouvrent la voie par laquelle tu pourras te rendre au numéro 25, tout près du manoir Raidemort.

«Mais qu'est-ce que c'est que cet endroit? te demandes-tu, l'air soucieux. Les appareils meublant cette pièce datent certainement d'une autre époque. Oui! Je me rappelle maintenant avoir vu ces instruments dans un livre d'histoire. C'EST UNE CHAMBRE DE TORTURE!»

Dans un coin, quelques squelettes semblent te fixer de leurs orbites vides. D'un amoncellement de guenilles, un rat surgit et court rapidement le long du mur pour finalement s'engouffrer dans un petit corridor.

Une main appuyée sur la paroi et la tête baissée pour ne pas heurter le plafond, tu t'y diriges. La lueur dansante des chandelles éclaire maintenant l'entrée d'une grande salle où se trouvent plusieurs cachots étroits et sombres. D'un mouvement circulaire, tu balaies chaque cellule à l'aide de la lueur du chandelier. À la troisième salle, toujours rien..., mais dans la suivante, sur le mur de gauche, quelque chose est gravé dans la pierre. Un message... non! Tu dirais plutôt un avertissement : «Partez! Car la mort sera au rendez-vous...»

Le scintillement d'un minuscule objet posé par terre te tire de ta réflexion. Tu t'en approches. On dirait un petit bijou. Tu le prends entre le pouce et l'index pour l'approcher de la lumière. «OH NON! cries-tu. C'EST LA BOUCLE D'OREILLE DE MAMAN...»

Serrant les dents de colère, le bijou caché dans ton poing, tu retournes d'un pas résolu jusqu'au grand hall tout près de la cuisine, au numéro 69.

«Pas de chance!» te dis-tu, un peu déçu.

Tu jettes un regard à la fenêtre tout près. Dehors, le vent gémit sans relâche et soulève l'épaisse toison de l'énorme chat noir qui joue à l'acrobate sur le rebord de la fenêtre.

AH! Mais qu'il est grooos ce chat... Ce n'est pas étonnant : avec tous ces rats, il ne souffrira jamais de famine.

En te dirigeant vers le grand escalier, tu remarques que le miroir devant toi ne te renvoie pas ton image. POURQUOI? Tu t'approches...

CLOC! Ton pied percute quelque chose.

Catastrophe! C'est un piège... Une section du mur pivote rapidement, et tu te retrouves bien malgré toi dans une autre pièce. Tranquillement et dans un concert de craquements, le plancher glisse et se retire. Quelques mètres plus bas, une multitude de pieux acérés attendent ta chute. Dans quelques secondes celle-ci sera... INÉVITABLE!

FIN

En soulevant une jambe pour te glisser dans le baril, tu penses à ce que ta mère te disait lorsque tu rentrais à la maison les espadrilles couvertes de boue : «MAIS REGARDE DONC OÙ TU METS LES PIEDS!»... Tu t'arrêtes sec!

Sage décision, car ce baril où tu voulais te cacher est en fait... UN NID qui contient les oeufs prêts à éclore de ce couple de petits monstres répugnants. Si tu avais mis le pied à l'intérieur, tu aurais vu qu'il y a une horrible différence entre «marcher sur des oeufs» et «marcher sur des oeufs de monstres»...

Maintenant, tu n'as plus le choix : à l'autre bout de la cuisine se trouve la seule armoire assez grande pour que tu puisses te cacher. Sans attendre, tu mets le pied sur la chaise pour ensuite sauter sur la table qui se brise malheureusement sous ton poids : **CRAAAC!**

Tu te retrouves sur le plancher face contre terre, dans un boucan de tous les diables. **BROOOUUUMM! CRAAAC!** Pas le temps de crier ta douleur, car ces petits monstres se ruent furieusement vers toi : **GRRRRRR!**

TU ES PRIS!

Eh bien! On dirait que ta chance de sauver le quartier de la malédiction et de devenir un héros est arrivée à sa...

FIN

Tu abaisses le levier de droite, correspondant au chiffre 14. «Mais est-ce bien la bonne réponse?» te demandes-tu nerveusement. Tout le monde sait fort bien que, numériquement, le chiffre 14 est plus grand que le chiffre 8. Mais sur la pierre de l'énigme, le 8 est écrit plus gros que le 14. C'est une sorte de paradoxe, car la bonne réponse est soit 8 par sa proportion, soit 14, qui est plus élevé.

Pendant que tu essaies de trouver une solution logique à cette énigme, la pierre se met subitement... à bouger! **VRRR! VRRRR! VRRRRRRR!** Et aussi à s'enfoncer dans le sol jusqu'à disparaître dans un sifflement terrible. **SHH-I-I-I-I-I-I!**

Une odeur très bizarre te monte aux narines. BEUH! Tu grimaces en la respirant. Ça sent presque aussi mauvais que le bouilli de la cafétéria de l'école», songes-tu en regardant de façon bien téméraire dans le trou béant laissé par la pierre.

À l'instant où tu te mets à penser que «CE» trou pourrait être «LE» passage pour te rendre jusqu'au manoir Raidemort, un très mystérieux nuage bleuté, d'allure spectrale, apparaît devant toi. Peu à peu, les traits d'un répugnant visage fantomatique se dessinent et un horrible rire hystérique retentit.

HIIIIII! HIIIIII! HIIIIII!

Le fantôme, maintenant devenu luminescent,

ondule et s'approche de toi pour t'agripper afin de t'emporter dans les tréfonds d'un endroit inconnu de tous...

FIN

Soudain, une gigantesque colonne d'eau s'élève **SLOOUUUCH!** et une repoussante créature mutante mi-homme mi-poisson en sort impétueusement, sous ton regard horrifié. La lueur gourmande de ses yeux trahit bien ses intentions. Ton sang se glace dans tes veines.

Le vent qui fait frissonner les branches te sort de ta torpeur. «Je suis trop haut pour qu'il puisse m'atteindre», constates-tu avec soulagement. D'une enjambée, tu te jettes vers un autre arbre. Le monstre du marais rugit et plonge dans l'eau pour en ressortir quelques secondes plus tard, juste en-dessous de toi, en poussant un gémissement presque humain.

Le rivage est tout près mais, comble de

malchance, l'arbre qui donne accès à la rive est hors d'atteinte. Tu essaies tout de même d'attraper ses branches du bout des doigts, mais elles sont juste un... petit... peu... trop... loin... Tu regardes le monstre qui t'épie avec ses yeux injectés de sang. Tu penses tout à coup qu'il ne faudrait pas que tu tombes, car une chute te serait fatale. «Il faut que je trouve une solution coûte que coûte.»

Il te vient alors une idée plutôt audacieuse, que tu exécutes sur-le-champ sans même avoir évalué le risque. Ainsi, tu t'élances aussitôt dans les airs et, avec l'agilité d'un équilibriste, tu poses le pied sur la tête du monstre. En te servant de lui comme tremplin, tu attrapes la branche de l'arbre, qui était tantôt inaccessible. **BANG!** Tu arrives les pieds joints et bien ancrés sur la terre ferme.

La créature, folle de rage, replonge dans l'eau noirâtre et disparaît, ne laissant derrière elle qu'un tourbillon d'écume.

Ouf! Maintenant, retrouve-toi au numéro 25, le manoir Raidemort n'est plus très loin.

57

«LA TABLE... Oui! Voilà une solution rapide pour me mettre hors d'atteinte de cet animal enragé. Rendu là, je pourrai évaluer la situation et prendre la mesure qui s'impose.»

Sans plus attendre, tu poses le pied sur la chaise et, d'un bond, tu sautes sur la table. Malheureusement elle n'est pas assez solide pour te soutenir. Elle oscille un peu, puis s'affaisse sous ton poids dans un fracas épouvantable.

BROOOUUUM! BAANG!

Tu te retrouves face contre terre dans la saleté et la poussière qui s'agglutinent au sol. L'horrible bête mutante ouvre alors les mâchoires, et une dégoûtante larve en sort sans crier gare et se jette sur toi.

Pour mieux te coller à la peau, la larve se tortille. Subitement, en s'étirant, elle s'accroche à ton cou. Même si tu serres les dents de toutes tes forces, la larve-parasite réussit à s'infiltrer quand même dans ta bouche et à descendre jusque dans ton estomac. Pour toi, c'est la...

FIN

Malheureusement, la porte principale est verrouillée, t'interdisant l'accès au manoir Raidemort. Et pas question de prévenir la sorcière de ton arrivée, te dis-tu en regardant le butoir de la porte. Tu dois trouver une autre façon discrète d'y entrer.

Tu redescends les marches. L'escalier décrépit fait résonner chacun de tes pas et brise le silence lugubre qui règne. En marchant vers l'arrière, tu déplaces une curieuse brume verte qui semble tourner inlassablement tout autour du manoir. Tu passes au peigne fin chaque fenêtre afin de trouver une issue. Plusieurs chauves-souris, cherchant probablement quelques gros insectes nocturnes à se mettre sous la dent, voltigent près de la corniche : **SWOUP, SWOUP, SWOUP!**

Ton regard s'arrête sur le reflet du carreau brisé d'une fenêtre.

À gestes mesurés, tu grimpes par la colonne jusqu'à la gouttière. Là, avec une force que tu ne te connaissais pas, tu te catapultes près de la fenêtre et tu te retrouves bien assis sur la tête d'une gargouille. De sa bouche dentelée s'écoule une eau glauque qui empoisonnerait quiconque oserait en boire.

«Il ne semble y avoir personne!» constates-tu. Avec précaution, tu te passes la main, puis ensuite le bras à travers la vitre fracassée, à l'apparence d'une gueule immonde. Avec l'index, tu soulèves doucement le loquet pour ouvrir la fenêtre. Sans perdre une minute, tu entres dans la pièce. Les odeurs nauséabondes ne te laissent aucun doute... TU ES DANS LES ENTRAILLES DU MANOIR RAIDEMORT.

Au numéro 67 se trouve la suite de ton aventure.

«C'est agaçant à la fin, toutes ces portes verrouillées», te dis-tu en retournant sur tes pas.

Dans la partie sombre du couloir, quelques souris se disputent une maigre pitance. Un peu plus loin, les marches craquelées de l'escalier réapparaissent. Pendant que tu les gravis, un bruit sourd de chaînes frottant sur le sol de roche résonne sur les parois humides du donjon. **CLING-CLI-I-ING CLING CLINGG**

Anxieux, tu lèves discrètement les yeux vers le passage, sans toutefois entrevoir l'origine de ce bruit. «Ça me paraît dangereux, cette histoire-là!»

chuchotes-tu au moment où tu aperçois une échelle de corde à droite de l'escalier, que tu n'avais même pas vue plus tôt.

Tu hésites...

Tu peux continuer par l'escalier et revenir dans le grand hall, tout près de la cuisine, en te rendant au numéro 69.

Si, par contre, tu crois que l'échelle de corde pourrait satisfaire la curiosité qui te tenaille, rends-toi au numéro 39.

C'est dommage, il est verrouillé, et la clé ne semble se trouver nulle part sur le pupitre.

Confortablement assis, tu fais pivoter d'un coup de pied le fauteuil qui effectue un tour complet pour s'arrêter face à cette inquiétante table d'opération. Soudainement, la vue des chaînes et des cadenas t'éclaire l'esprit. Il n'y a aucun doute, Frénégonde la sorcière se sert de tous ces instruments pour ses expériences diaboliques. Il est clair que chacune des personnes disparues est passée par ici ; mais à quelle fin?

Oui, cette pièce même est la source de la troublante malédiction qui frappe le quartier Outremonstre.

Tu échappes à cette sombre pensée en regardant le grimoire posé sur le pupitre. L'étonnante couverture de cuir rouge sang, ciselée de signes mystérieux, semble attendre impatiemment un lecteur. Il se pourrait que le livre contienne quelques indications qui t'aideraient à trouver ta mère.

Pour le savoir, rends-toi au numéro 10.

§1

Tu fais actuellement face à deux portes.

Sur la première, il est écrit : «ENTREZ ET VOUS NE RESSORTIREZ JAMAIS PLUS.»

Sur la deuxième : «VOUS CONNAÎTREZ LA PEUR.» «Quel accueil!» te dis-tu.

Au même moment, la dernière des trois chandelles s'éteint. C'est peut-être un signe ou un avertissement. Au point où tu es rendu, ça ne te dérange plus tellement. Tu déposes alors le chandelier par terre.

Tu choisis la deuxième porte. Un peu de courage! Tu saisis donc la poignée. Est-elle verrouillée?

Pour le savoir, TOURNE LES PAGES DU DESTIN.

Si elle s'ouvre, va directement au numéro 41.
Si elle est verrouillée, tu devras passer malgré toi par la première porte. Rends-toi au numéro 79.

§2

«C'est trop horrible! Je ne peux pas laisser Jean-

Christophe tomber dans les griffes de ce monstre sanguinaire», songes-tu.

Sans plus penser à la créature qui se cache dans le noir tout près de toi, tu brises le carreau de la fenêtre **CRAC!** d'un solide coup de coude. Saisi par le bruit, Jean-Christophe s'arrête net et en cherche du regard la provenance.

«JEAAAN-CHRIIISTOOOPHE! hurles-tu par le trou. IL Y A UN LOUP-GAROU CACHÉ JUSTE EN ARRIÈRE DU MANOIR. IL EST TOUT PRÈS DU COIN, ENTRE L'ARBRE ET LE MUR, LÀ-BAS!» ajoutes-tu en sortant le bras par la fenêtre pour lui indiquer l'endroit exact.

Surpris de voir que tu es dans l'antre même de la sorcière, Jean-Christophe te fait un signe de la main pour te répondre qu'il a compris le message. Il se met à marcher à reculons, s'éloignant de la menace qui l'aurait sans doute terrassé.

«Ouf!» soupires-tu en regardant le loup-garou, toujours à son poste de guet. Parfait! Ton ami est hors de danger pour l'instant..., mais toi? As-tu oublié le monstre qui est tapi dans l'ombre? NON!

Eh bien, ravale ta salive et envisage le pire.
Rends-toi au numéro 42.

§3

L'armoire te semble bien loin. «Je n'aurai peut-être pas le temps de m'y rendre, te dis-tu, avec tous ces rebuts qui jonchent le sol, je pourrais trébucher.» Mais tu n'as plus le choix, tu dois tenter le coup.

Tu sautes par-dessus quelques boîtes de carton entassées sur le plancher, mais tu te prends malencontreusement le pied dans l'une d'elles **FRA-A-A-A-K!** et reste coincé.

Comble d'infortune, tu tombes violemment sur le plancher. **BANG!** Étendu de tout ton long, le visage dans les détritus, tu lèves la tête pour crier ta douleur, mais ton cri s'étouffe dans ta gorge lorsque tu aperçois l'armoire tout près de toi.

D'un coup de pied sec et précis, tu ouvres la porte de l'armoire et tu y entres rapidement pour te mettre à l'abri.

Assis dans la poussière et couvert de toiles d'araignées, tu es maintenant sain et sauf.

Tu te retrouves désormais au numéro 75, à l'intérieur de l'armoire.

64

Cette pierre semble promettre à qui peut résoudre l'énigme une traversée sans encombre du marais. Oui, mais elle ne mentionne rien de ce qui va se passer en cas de MAUVAISE RÉPONSE. Tu deviens tout à coup hésitant. Je devrais peut-être retourner en arrière et tenter de traverser le marais en sautant d'un arbre à l'autre.

Mais cette pierre tout en granit qui se dresse devant toi est trop invitante. «Je tente ma chance malgré tout», te dis-tu, confiant de réussir.

L'énigme se lit comme suit : «De ces deux chiffres, lequel est le plus grand? Abaisse le levier correspondant à ton choix.» Du côté du levier de gauche est gravé en gros caractère le chiffre «8», et du côté du levier de droite est gravé le chiffre «14», en petits caractères.

Si tu choisis le «8», abaisse le levier de gauche et rends-toi ensuite au numéro 46.

Si tu penses que le «14» est la bonne réponse, retrouve-toi au numéro 55.

La sorcière Frénégonde a prévu la manoeuvre. Son rire strident se transforme en cri tandis qu'elle se jette aussitôt devant la marmite pour la protéger (RHIIIIIIIII!). Les lambeaux de sa robe noire fendent l'air et soulèvent la poussière de la cendre qui s'accumulait tout près du feu.

Jean-Christophe, qui se dirigeait vers la marmite, s'arrête juste devant elle. OH! QUELLE BÉVUE! D'un geste sec, la sorcière l'attrape par le bras. Sorti de sa torpeur et poussé par l'énergie du désespoir, il se débat, mais en vain. Malgré son âge avancé, Frénégonde semble douée d'une force surnaturelle.

Tu ouvres la bouche pour crier, mais tes paroles se perdent dans ta gorge. Surexcité, tu ne sais pas quel parti prendre : lui venir en aide ou essayer de renverser la marmite?

«LA MARMITE!... RENVERSE LA MAR-MITE!» te crie Jean-Christophe, effrayé.

QUE VAS-TU FAIRE?

Si tu veux lui venir en aide, rends-toi au numéro 68.

Si tu désires suivre son conseil et renverser la marmite, va au numéro 76.

Tu pousses la porte battante qui mène à la cuisine.

Tes yeux ne voient pas la sorcière, mais ton nez, par contre, flaire une odeur indescriptible qui émane d'un chaudron posé sur le poêle à bois. De plus, tu remarques tout près, sur une petite table, divers ingrédients pouvant servir à des envoûtements de magie noire : des ongles de zombis, des dents de crocodile broyées, quelques chauves-souris bouillies, une bouteille contenant du sang de crapaud. «YARK! fais-tu. Je ne crois pas rester ici jusqu'au petit déjeuner.»

Du vieux réfrigérateur, demeuré entrouvert, surgissent tout à coup quelques souris blanches. Alentour, rien ne te paraît intéressant.

Dans un coin, tu remarques un baril de bois. Tu t'en approches et soulèves un peu le couvercle. Mais comme tu ne vois rien, tu l'enlèves complètement afin que la lumière y entre. Tout au fond, quelque chose se tortille...

Éberlué, tu entrevois les silhouettes d'animaux étranges. Tapies dans l'ombre, elles attendaient

justement que quelqu'un retire le couvercle pour bondir hors du baril. Combien de ces créatures en sortiront?

Pour savoir combien de créatures tu devras affronter, TOURNE LES PAGES DU DESTIN.

Si seulement une réussit à sortir, rends-toi au numéro 49.

Si deux créatures bondissent hors du baril, saute vite au numéro 70.

Tu prends le chandelier en vermeil placé sur une vieille table d'acajou tout près de la fenêtre. Tu grattes plusieurs allumettes avant d'en trouver finalement une qui consent à s'enflammer. Les trois chandelles enfouies sous des gouttelettes de cire durcie éclairent enfin ce vaste et mystérieux salon. Des filets d'eau s'écoulent de la haute voûte du salon traversée par des ribambelles de toiles d'araignées.

Ici, on dirait que la poussière s'accumule depuis des siècles. Des miasmes putrides s'évaporent d'un encensoir posé sur un coffre rustique garni de cuir clouté. Tu t'approches. Il contient des organes et des viscères d'animaux.

«POUAH!» Dégouté, tu tournes les talons...

Dans la cheminée, les braises sont encore rouges. La sorcière était ici, dans cette pièce, il y a de cela pas très longtemps. Sur le mur, juste au-dessus du manteau de la cheminée, se trouve un terrifiant tableau. C'est le portrait d'une vieille femme laide et bizarrement accoutrée au regard... PRESQUE RÉEL!

Le plancher de bois entonne un concert de craquements tandis que tu t'approches d'une immense étagère couverte de livres, placée contre le mur. *Le Catalogue des marmites*, *Comment vendre son âme au marché aux puces de Satan*... Tu glisses les yeux d'un titre à l'autre quand un craquement se fait entendre et te fige sur place...

Retourne-toi, VITE!

Si tu crois que ça provient de la porte en vitrail, retourne-toi vers le numéro 30.

Si ton doute se porte sur le tableau au-dessus de la cheminée, regarde vite au numéro 78.

«LÂCHE-LE!» réussis-tu finalement à crier en empoignant Jean-Christophe par le chandail. Tu tires et tu tires, mais sans succès. Cette démoniaque sorcière le retient toujours entre ses doigts crochus en riant à gorge déployée, «HIR! HIR! HIR! HIR! HIR! HIR!» Son rire est si répugnant qu'il te glace le sang.

Lentement, lourdement, elle tend son long bras vers toi et se met à réciter une formule de son recueil de sorcellerie...

«AGOUTRA KIZAAAA»

Cette parole est bien plus qu'une banale incantation, car de la marmite surgissent aussitôt plusieurs silhouettes d'allure spectrale qui se mettent à tourner de plus en plus rapidement autour de toi. Tu te sens brusquement soulevé par ce tourbillon de fantômes.

OU-U-U-U-U-U-U-U

Tu tournes et tu tournes pendant que les autres créatures de la nuit, les morts-vivants, le loup-garou et le valet fantôme se joignent à la sorcière pour assister à ta transformation. Tu sens ton corps disparaître graduellement et se changer en une fumée écarlate. Tu es désormais métamorphosé en spectre par le rituel maléfique de la sorcière. Tu te sens aspiré peu à peu par le contenu de la marmite où ton corps, devenu esprit, s'engouffre et rejoint toutes les autres victimes de ce livre : *Perdu dans le manoir Raidemort.*

Maintenant il ne te reste qu'une seule chose à faire : CRIER!

FIN

§9

VOILÀ LA CUISINE! Peut-être vas-tu surprendre la sorcière en train d'y concocter une de ses potions infectes et malodorantes, alors... ATTENTION!

Plus tu t'approches et plus les effluves de mixtures corrompues se font sentir. Mais avant même d'avoir eu le temps d'y entrer, tu vois les portes battantes s'ouvrir brusquement. Un étrange valet, vêtu d'une veste de velours verte, apparaît subitement et marche vers toi. Sidéré, tu peux à peine bouger.

Il passe tout près de toi sans même te regarder. Ses yeux sans vie semblent perdus dans le néant.

«Ex... Excusez-moi», bégaies-tu.

Le valet poursuit son chemin sans même se retourner.

Si tu désires le suivre, question de savoir où il va, rends-toi au numéro 28.

Si tu préfères poursuivre ta route, entre immédiatement dans la cuisine en passant par le numéro 66.

Le baril servant de poubelle s'agite en tous sens. Deux créatures en ressortent. Tes yeux s'écarquillent d'effroi. «Quelle horreur!» te dis-tu. Ces monstres, de la taille d'un chat, ressemblent à des vers de terre avec une tête de poisson.

BEURK! Après avoir vu ces deux monstres écailleux, tu ne pourras plus jamais manger les bâtonnets de poisson qu'on sert à la cafétéria de l'école.

De leur bouche béante sort un grognement caverneux : GROOOOOOM! Leurs redoutables dents peuvent déchiqueter à peu près n'importe quoi et te mettre en pièces le temps que tu dises BOUILLABAISSE.

Il te faut à tout prix éviter la confrontation, car un simple toucher de ces êtres immondes pourrait t'attirer de graves ennuis, peut-être même t'empoisonner. Tu n'as pas le choix... TU DOIS FUIR!

Deux solutions s'offrent à toi :

Tu peux tenter de te rendre rapidement jusqu'à l'armoire pour te cacher jusqu'à ce qu'ils disparaissent ; mais en auras-tu le temps? Si tu penses que oui, rends-toi au numéro 63.

Ou, tout simplement, cache-toi dans le baril qui est tout près de toi au numéro 54.

71

Hélas! Tu te retrouves encore une fois au début du corridor. Malgré tes réflexes bien aiguisés, ces horribles mains semblent trop rapides pour toi. Mais tu ne te laisses pas décourager. Tu essaies donc de nouveau courageusement de franchir le couloir, plusieurs fois, sans réussir. Ton inquiétude s'accroît lorsque tu aperçois, par terre, le squelette d'un homme qui n'a de toute évidence pas réussi à se rendre au bout. Devant toi, l'interminable corridor semble t'envoyer en pleine figure le sourire narquois de la sorcière.

Pendant des jours ou des semaines, tu ne le sais plus trop, tu tentes vainement de te rendre au bout. Il faut reconnaître ta destinée fatidique. Tu es prisonnier... POUR L'ÉTERNITÉ!

FIN

72

Vif comme l'éclair, tu t'allonges sur le plancher et tu réussis de justesse à les éviter tous les trois. Maintenant que la voie est libre, tu te mets à courir dans le corridor comme s'il s'agissait d'une course à obstacles. Tout près du but, quatre mains ouvertes attendent et guettent leur proie : TOI! Tu t'arrêtes net...

Doucement, tu glisses vers la droite afin de les leurrer. Puis, d'un bond rapide, tu culbutes vers la gauche. BIEN JOUÉ! Ta feinte a fonctionné. Tu te retrouves maintenant au bout du corridor, soulagé d'avoir réussi à le franchir.

Rends-toi au numéro 50.

73

C'est dans un fracas étourdissant qu'elle s'ouvre : **CRIIIIIIIOOUUUUUUK!**

Il n'y a rien de plus terrible que le silence d'un sous-sol. Car tu sais que ce n'est qu'une apparence et que cet endroit regorge d'insectes et d'araignées. C'est aussi le domaine des chauves-souris, des rats et peut-être pire...

Tu descends à tâtons les marches grossièrement taillées dans la pierre jusqu'en bas de l'escalier. Tout près, sur une vieille table en bois, se trouve un chandelier de laiton couvert de toiles d'araignées. Tu grattes plusieurs allumettes avant d'en trouver une qui s'enflamme.

Les trois chandelles éclairent enfin un obscur couloir dans lequel tu vas t'engager. Tu ne trouves pas les mots pour décrire ce que tu vois. En effet, le manoir a sûrement été construit sur les ruines d'un ancien château, car les murs de la cave sont constitués de très vieilles pierres. Sur les parois, l'eau ruisselle et ronge les murs, emportant de temps à autre un des cloportes qui infestent l'endroit. Tel est le spectacle qui s'offre à toi.

Tout au bout du couloir, tu arrives à une immense et solide porte en bois ornée de fer forgé.

Derrière sa petite fenêtre grillagée, tu ne peux entrevoir ce qu'elle te cache : ce sont sans doute d'anciens cachots. Sur la porte, un large cadenas rouillé semble te défier d'entrer.

TOURNE LES PAGES DU DESTIN pour savoir si elle est verrouillée ou non.

Si elle s'ouvre, rends-toi au numéro 52.
Mais si, par contre, elle est verrouillée, va au numéro 59.

74

La créature qui se trouve dans la même pièce que toi ne s'est toujours pas manifestée. Tu n'as pas la moindre idée de ce dont il s'agit. Tu ne peux que sentir son souffle empoisonner l'air que tu respires.

Les yeux plissés, tu scrutes tant bien que mal la

noirceur qui t'entoure. Au bout de la pièce, un filet de lumière dessine le contour d'une porte! «J'ai peut-être une chance de m'en sortir», penses-tu.

Lentement, sans faire le moindre bruit et sur la pointe des pieds, tu trottes vers cette sortie. Mais à peine as-tu fait quelques pas que, droit devant toi, surgit UN CERBÈRE! Un des chiens à trois têtes qui gardent habituellement les portes de l'enfer. Malheureusement pour toi, ce soir il est le vigile de la sorcière Frénégonde. Ce cabot-mutant peut d'une seule morsure couper court à ton aventure.

Immobile, il te fixe de ses yeux étincelants et t'observe en fouettant l'air de sa queue écailleuse. Après quelques longues et angoissantes secondes, le chien à tête triple se jette sur toi...

FIN

75

Dans l'armoire, tu t'aperçois finalement que la partie est loin d'être terminée. Même si tu es persuadé que ta mère est ici dans cette maison, elle te semble à des kilomètres de toi.

Tu essaies de reprendre ton souffle. Après quelques minutes, tu remarques tout à coup un petit loquet de porte situé tout au fond, près du sol. Tu soulèves le loquet métallique qui te permet d'ouvrir une petite porte SCHLIK, assez grande quand même pour que tu puisses passer.

En rampant sur quelques mètres dans un couloir exigu, tu trouves une autre porte. Tu l'ouvres. Ce passage secret t'a conduit au pied du grand escalier.

Sors et rends-toi au numéro 84.

76

Le rire strident de la sorcière résonne dans la pièce : «HI-HI-HI-HI-HI-HI!» Jean-Christophe, toujours pris entre ses griffes, se démène farouchement, mais c'est inutile, elle est trop forte. Tu t'approches rapidement de la marmite. La vapeur bleutée qui s'en dégage semble dessiner des visages qui ondulent jusqu'au plafond. Tout est clair maintenant : la marmite contient les esprits de tous les gens disparus, les victimes de la malédiciton.

D'un violent coup de pied, tu fais basculer la marmite qui se vide de tout son contenu. Enfin libérés de ce potage maléfique, les esprits s'échappent tour à tour du manoir par les lucarnes. Ayant de ce fait perdu tous ses pouvoirs, la sorcière se met brusquement à tourner sur elle-même telle une vrille dans un sifflement si fort que les carreaux des fenêtres volent en éclats.

«ÇA Y EST! TU AS RÉUSSI!» te crie Jean-Christophe, qui cherche désespérément à s'accrocher à l'une des gargouilles afin de ne pas être aspiré par les violentes bourrasques.

Et c'est en tourbillonnant comme un cyclone que Frénégonde, la malveillante sorcière, disparaît dans un fracas si assourdissant que les murs du manoir croulent.

«SORTONS D'ICI! TOUT VA S'EFFON-DRER!» hurle Jean-Christophe qui, d'une seule enjambée, se retrouve près de la porte.

Pour réussir à fuir, vous devez éviter les débris qui tombent du plafond. Vous dévalez l'escalier à toute allure. Juste comme vous arrivez dans le hall d'entrée, l'immense plafonnier de cristal se détache et s'écrase juste devant vos pieds. Vous contournez sans perdre de temps les morceaux de verre brisés et les coulées de cire chaude jusqu'à la sortie, et vous vous retrouvez dehors.

Vous continuez toujours à courir, car le sol tremble et des crevasses se forment sur votre passage. Vous réussissez tout de même à vous rendre jusqu'au trottoir de la rue Latrouille, où vous pouvez enfin reprendre votre souffle. Tu lèves les yeux vers le manoir, qui s'engouffre à tout jamais avec un bruit infernal dans les abîmes enflammés du centre de la terre.

BRRROOOUUUMMMM! SSHHHH!

Maintenant, cherche le numéro 88.

77

Tu te jettes délibérément dans le couloir, en évitant toutefois l'assaut des deux premières mains. Tu te penches par terre, près du mur de gauche, et une autre main te frôle les cheveux. Tu culbutes pour t'étendre de tout ton long sur le plancher. Frénétiquement, une quatrième main s'agite tout près de ton bras, sans toutefois te toucher.

Tu rampes un peu sur le tapis et te relèves ensuite pour sauter par-dessus une autre main qui tente de t'attraper le pied. Soudain, trois mains sortent d'entre les fissures du mur et s'élancent dans ta direction.

Deux possibilités s'offrent à toi, mais tu dois faire très vite, car tu pourrais devoir revenir à ton point de départ.

Si tu désires sauter par-dessus les mains, rends-toi au numéro 6.

Pour t'allonger en espérant les éviter, rends-toi au numéro 72.

78

Le bruit provenait bien du côté de la cheminée, car les yeux de la sinistre vieille femme peinte sur le tableau sont maintenant tournés vers toi... ET T'OBSERVENT!

«QUI EST LÀ? demandes-tu d'une voix tremblante et teintée de panique. IL EST INUTILE DE VOUS CACHER! Qui que vous soyez, sortez de derrière le tableau...»

Tes mots se perdent dans la pièce au moment même où les yeux disparaissent du tableau... et réapparaissent tout près de toi. OUI! Des yeux, sans tête ni corps. Ces yeux dégoûtants sont une sorte de «monstre mouchard» qui, sans aucun doute, préviendra la sorcière Frénégonde de ta présence et de tes intentions. Tu sursautes lorsqu'ils s'engouffrent dans la cheminée, soulevant sur leur passage un nuage de cendre.

Tu n'as plus une seconde à perdre. Tu te diriges, d'un pas décidé, vers ta prochaine étape : la cuisine.

Rends-toi au numéro 69.

79

Tu te rends compte que tu n'as plus le choix : tu dois passer par la première porte si tu veux toujours sauver ta mère. Il est hors de question de reculer à présent, surtout que les plus grands périls sont derrière toi. Tu te diriges vers la première porte et tu l'ouvres.

Une nuée de chauve-souris réveillées par ton arrivée s'envolent, tout excitées, dans le couloir sombre et sans fin qui s'avance devant toi.

FLOP! FLOP! FLOP! FLOP! FLOP!

Tout au long, sur les murs, des bras disposés les uns à la suite des autres sortent par des fissures et

par des trous pratiqués dans les parois. Tu te rends vite compte du problème auquel tu auras à faire face. Ces mains immondes essaieront de t'attraper tout au long du trajet jusqu'à la fin du couloir... si fin il y a.

Décidé, tu fais un premier pas dans le corridor...

Malgré ton immense peur, rends-toi au numéro 29.

Tu te trouves en ce moment dans une petite salle qu'une force démoniaque semble habiter. Les murs, le plafond et le plancher sont recouverts de symboles de magie noire qui semblent présenter cette lourde porte gothique ciselée d'arabesques, qui s'impose devant toi comme pour te narguer.

Soudain, un crissement se fait entendre : **CRI-I-I!** Une section du mur pivote sur elle-même...

Ton coeur bat à tout rompre, un passage secret s'est ouvert juste à côté de toi, et une tornade de poussière en sort. D'un pas craintif, tu t'avances...

À ton immense surprise, Jean-Christophe

apparaît, arborant un sourire des plus moqueurs aux lèvres.

«SAPRISTI! Comment as-tu fait pour te rendre jusqu'ici? Tu ne peux pas savoir à quel point je suis heureux de te voir. Qu'est-ce qu'on fait maintenant? débites-tu sans lui laisser le temps de répondre.

— Eh bien! moi qui croyais te trouver emprisonné dans un cachot humide ou envoûté par un sortilège. Je suis tout aussi surpris que toi de te voir, te confie-t-il. Pour te rendre jusqu'ici, tu as fait preuve de bravoure. Mais la partie est loin d'être terminée, car c'est de l'autre côté de ce portail que nous saurons si tu es aussi brave qu'un TÉMÉRAIRE DE L'HORREUR. Tu vois ces signes qui tapissent les murs? Ils sont la preuve que cette abominable sorcière se cache de l'autre côté de cette porte. Elle sait que nous sommes ici... ET ELLE NOUS ATTEND!

— Eh bien, t'exclames-tu, qu'attendons-nous? Allons-y!

— Pas si vite! reprend-il. Cette lourde porte ne s'ouvrira que lorsque tu auras prononcé tout haut trois fois le nom de la sorcière.»

Si tu te rappelles son nom, dis-le trois fois et rends-toi ensuite au numéro 83.

Si, par contre, tu ne t'en souviens plus, tu te retrouves au numéro 86.

81

Oui! Quel spectacle s'offre à toi maintenant. Tu ne trouves pas les mots pour décrire ce que tu vois... DES OSSEMENTS! Et dans les décombres de ce mausolée jadis grandiose, que la pleine lune arrose de sa lumière, il y a aussi une ombre.

Oui, une ombre trahissant le retour de... L'HOMME-LOUP! Et ce n'est pas l'émotion qui te prend à la gorge, C'EST LUI! Oui! C'est lui! LE LOUP-GAROU!

SH-H-H-V-V-VRAN!

Il te projette violemment sur le sol parmi les débris. Son hurlement résonne jusqu'au fond de la nuit et jusqu'à la fin de ton aventure. «AAAAHHHHHH!» Tu es, toi aussi, devenu une autre victime de ce livre : PERDU DANS LE MANOIR RAIDEMORT...

FIN

82

Dans un nuage de poussière et un fracas épouvantable **BRROOOOUUUM!**, une des plantes carnivores dégage ses racines du sol et s'élance vers toi avec la hargne d'un animal enragé. D'un seul bond, rapide et précis, tu te retrouves les deux pieds bien ancrés dans son feuillage, corps à corps avec elle. Comme une déchaînée, elle secoue frénétiquement sa tige parsemée d'épines pour se dégager de ton emprise, mais tu tiens bon.

Un peu plus haut, sur une de ses branches, tu aperçois peut-être une façon de rassasier sa fringale de chair humaine... DES FRUITS! Tu dois tenter de l'empoisonner avec ses propres fruits, c'est ta seule chance.

Tu grimpes rapidement sur sa tige, mais à l'instant où tu empoignes un des gros fruits de couleur jaunâtre, elle t'enroule le pied dans une de ses immenses feuilles aux bords acérés comme des dents de scie : TU ES PRIS!

Sans attendre, tu lances un à un les curieux fruits dans sa répugnante bouche aux dents pointues. Le résultat est presque immédiat. La plante tueuse vacille quelques secondes pour ensuite s'effondrer. Ses feuilles perdent leurs couleurs et se détachent. Tu es libre. Est-elle morte ou endormie? Tu ne cherches pas à le savoir.

Tu quittes en vitesse cette clairière dangereuse pour te rendre au numéro 25.

— Frénégonde, Frénégonde, Frénégonde!

Vous vous mettez tous les deux à pousser avec votre épaule sur l'immense porte qui s'ouvre lentement...

Elle est là, cette horrible bonne femme, vieille, hirsute et couverte de verrues. Elle semble avoir plus de 100 ans. Au travers de sa longue chevelure grise ébouriffée, tu peux à peine entrevoir son hideux visage. Son oeil unique vert et rouge flamboyant vous fixe d'une façon terrifiante.

Devant elle se trouve une énorme marmite en fonte noire. Une étrange fumée âcre s'en dégage. Des filets de bave apparaissent lorsqu'elle ouvre les lèvres pour vous dire de sa voix caverneuse : «Il y a très longtemps que je n'ai pas reçu de visiteurs. Vous êtes bien braves, jeunes hommes, mais votre aventure se termine ici. Croyez-en ma parole! Et elle se met à tourner une à une les pages de son livre de sortilèges.

«Jean-Christophe! Nous devons absolument agir maintenant avant qu'elle nous jette un sort, lui chuchotes-tu, vite...

— Il faut trouver la source de son pouvoir, te répond-il, nous devons absolument trouver où elle puise tout son pouvoir...

— LA MARMITE! lui réponds-tu, c'est sûrement la marmite. Nous devons la renverser!»

Au même instant, la sorcière lève les bras. Des paroles incompréhensibles sortent de sa bouche : «NIOTCIDELAM RUS SUOV.»

«C'EST MAINTENANT OU JAMAIS! lui cries-tu, ALLONS-Y...»

Pour connaître la suite, rends-toi au numéro 65.

84

Excité par la magnificence de l'escalier, tu poses le pied sur la première marche. Au même instant, la pendule sonne son premier coup.

DONG... Machinalement, tu gravis chaque marche au rythme de celle-ci. **DONG...** Deuxième coup, deuxième marche et ainsi de suite. À la douzième marche, elle sonne son dernier coup. La sinistre réalité te saisit... IL EST MINUIT!

Habituellement, à cette heure-ci, tu es en pyjama, dans ton lit douillet, et tu dors profondément. Mais cette nuit c'est très différent, tu es dans tes jeans, dans ce manoir maudit, et tu as profondément... PEUR!

Le douzième coup de la pendule a éveillé en toi une frayeur et, en même temps, une envie... une envie d'en finir une fois pour toutes, si minces que soient tes chances...

Une fois à l'étage, une grande respiration te permet de rassembler ton courage et tes forces. Perdu dans cette pensée, tu attends un peu puis tu t'engages vers le numéro 61.

85

Sa main s'enroule comme un tentacule autour de ta jambe. Tu tentes désespérément de t'agripper au tapis... Rien à faire, le fantôme te tire irrémédiablement vers le mur qui a soudain pris la forme d'une gueule immense. Tu t'engouffres dans les entrailles ténébreuses de cette demeure maudite...

Désormais, un autre fantôme hantera pour l'éternité le manoir de Frénégonde... TOI!

FIN

86

Comme c'est dommage! Tu ne t'en souviens plus... Et c'est un peu de la même façon que va se terminer ton aventure. Tu seras oublié à tout jamais, entre les murs de cet ignoble manoir!

FIN

87

Le passage qui suit une pente descendante est bloqué plus loin par un éboulement. Impossible de passer. Un léger craquement de brindilles t'avertit que quelque chose s'approche. Une petite roche roule et s'arrête à tes pieds, te laissant présager le pire. Tu ravales ta salive...

C'EST UN AUTRE ÉBOULIS!

D'un bond en arrière, tu évites de justesse un gros caillou qui allait t'écrabouiller le pied. Tu lèves les yeux, une multitude de roches de toutes grosseurs dégringolent le flanc escarpé et arrivent vers toi. TU T'ÉCRASES AU SOL. L'amas de cailloux t'enveloppe sans toutefois te blesser sérieusement. La poussière retombe doucement sur le sol. De cette prison de pierre, tu ne peux plus sortir. Cependant, une petite ouverture te permet de respirer et de voir la lune briller très haut dans le ciel...

FIN

Lentement, la poussière et la fumée se dissipent. Jean-Christophe est près de toi, ses vêtements sont couverts de saleté. Le manoir et tout ce qui l'entourait ont maintenant disparu. Il ne reste plus qu'un vaste terrain vague, calme et complètement désert.

Au loin, le clignotement des gyrophares annonce la venue des policiers. Arrivés sur lieux, ils sortent de leur voiture et viennent à votre rencontre, lampe à la main.

«Est-ce que tout va bien? vous demandent-ils. Que s'est-il passé ici?» poursuit l'un d'eux en balayant les alentours du faisceau de sa lampe.

Réveillés par le bruit, les gens du voisinage arrivent en grand nombre ainsi que plusieurs autres auto-patrouilles. De l'une d'elles, ta mère sort saine et sauve. «Merci, mon Dieu!» soupires-tu.

Jean-Christophe te regarde et fait un sourire en coin. Un sourire qui t'en dit long, un sourire qui signifie : bienvenue parmi LES TÉMÉRAIRES DE L'HORREUR.

BRAVO !
Tu as réussi à terminer...
Perdu dans le manoir Raidemort.

UN MOT SUR L'AUTEUR

Dès sa plus tendre enfance, Richard Petit se passionne déjà pour les histoires d'épouvantes. À l'âge de 12 ans, il réalise un film d'horreur avec ses amis. Une cape de vampire dans le placard, un cercueil de carton dans le garage, une caisse de fausses toiles d'araignées, et la maison de campagne se transforme soudain en château lugubre. Même si tout cela n'est que du cinéma amateur, pour son entourage, cela semble beaucoup trop réel.

Même aujourd'hui, il n'a pas changé. Alors imaginez, lorsque l'occasion s'offre à lui de créer ses propres histoires, avec ses propres images, il s'en empare comme le ferait un loup-garou de sa victime, un soir de pleine lune.

Des aventures débordantes d'actions, des intrigues palpitantes qui se développent au gré de l'interaction des lecteurs et lectrices de tout âge, voilà ce que vous propose ce passionné qui a su garder son coeur d'enfant.

Richard Petit est né à Montréal, en 1958.

DANS LA MÊME COLLECTION